푸른 바당과
초록의 우영팟

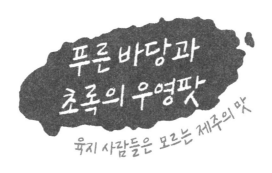

푸른 바당과
초록의 우영팟

육지 사람들은 모르는 제주의 맛

김민희 지음

앨리스

일러두기

• 입말을 살린 사투리는 지은이의 표현을 따랐다.
• 단행본·신문·잡지 제목은 『 』, 영화·TV 프로그램 제목은 「 」으로 묶어 표기했다.

맛이 삶이고,
삶이 곧 맛이다

제주에서 서울로 돌아오는 비행기는 만석이었다. 재아는 피곤했는지 곧 잠들었지만 재이는 넘치는 에너지를 어쩌지 못해 나를 불안하게 했다. 재이 뒷자리에는 중년의 여성이 신문을 읽고 있었다. 자꾸 그쪽으로 몸을 내미는 재이를 붙잡느라 나는 진땀을 빼야 했다. 잠시 후 그분이 신문을 접더니 손을 뻗는 재이와 악수를 하고, 내게는 쌍둥이 키우느라 고생이 많겠다며 상냥하게 말을 건넸다. 긴 검정 생머리에 수수한 얼굴, 예리해 보이는 눈매. 자꾸만 내가 아는 누군가와 닮았다는 생각이 들었다. 그 사람보다 좀더 살집이 있는 것도 같고, 더 젊어 보이는 것도 같고…….

"혹시…… 작가님 아니신가요?"

"네……(웃음), 대개 잘 몰라보는데 단번에 알아보시네요."

안전벨트를 하고 있었기 망정이지 뒤로 넘어갈 뻔했다. 신경숙 작가님이었다.

　작가님과 나는 계속 대화를 이어갔다. 정확히는, 잔뜩 흥분한 채 떠드는 내 이야기를 작가님께서 들어주셨다. 기회를 놓칠세라 『풍금이 있던 자리』『엄마를 부탁해』 등을 읽은 후 느꼈던 감동을 끝없이 늘어놓았다. 곧이어 착륙한다는 기내방송이 들려왔다. 다급해졌다. 문득 가슴 깊은 곳에 자리한 생각을 꺼내고 싶었다.

　"선생님, 저 이렇게 아이들 엄마로 사는 것도 너무나 행복하지만…… 제게는 아직, 꿈이 있어요. 제 이름을 건 책을 내고 싶다는 꿈. 제게 한말씀만 해주시면 안 될까요?"

　"꿈을 이루셔야죠! 그리고 저를 찾아오세요. 제게 와서 그때 비행기에서 만난 쌍둥이 엄마라고 말해주세요!"

　어쩌면 이 책은 2017년 가을 그 비행기 안에서 이미 시작되었는지도 모르겠다.

——

손때 묻은 냉장고를 열어본다. 엄마가 지난봄 꺾어온 고사리. 시골 큰외숙모가 작살로 쏘아올린 참우럭. 제주 참깨로 짠 참기름과 제주 보리를 갈아 만든 보리개역. 식탁 위 차롱 안에 든 과즐. 보관을 잘해둔 덕에 여태 살아남은 종재기. 온통 '제주산'이다.

　'음식' 에세이나 TV에 비치는 불특정 다수의 부엌에서 공통으로 느끼는 것이 있다면 부엌에서만큼은 그 사람의 진짜 일상을 만난다는 사실이다. 내 부엌도 마찬가지다. 소박한 부엌을 조금 둘러봤는데도 내가 보이는 듯하다. 고향이 어딘지, 뭘 좋아하고 무엇을 소중히 여기는지, 부모님과의 관계는 어떤지…… 섬을 떠나온 지 20년이 지났지만 나는 여전히 섬 안에 살고 있다.

내년이면 육지에서 보낸 시간이 고향에서의 나날을 뛰어넘는다. 흐르는 세월만큼 많은 것이 달라졌지만 미뢰에 저장된 기억만은 날것 그대로 살아 숨 쉰다. 그 기억을 좇으며 맛을 만들어 밥을 벌고, 맛을 기록하다 책까지 펴내게 되었다.

기억 속의 음식들은 내게 계속 말을 건넨다. '어렸을 적부터 지금까지 익히 먹어 잘 아는 맛이지?' '정말 귀해서 먹기 힘들던 옛날의 맛, 아 아련해지네!' '이건 요즘 다시 뜨기 시작한 맛인데 새롭지 않아?' 맛이 여러 갈래로 이야기 가지를 뻗어가는 동안 그것을 튼튼하게 받쳐줬던 건 추억이라는 힘이었다.

맛이란 미각으로만 설명할 수 없다. 평범한 닭백숙 한 그릇도 맛에 더해진 추억으로 인해 수천, 수만 가지의 특별한 맛이 될 수 있으니까. 단맛, 쓴맛, 짠맛, 슬픈 맛, 기쁜 맛, 매운맛, 행복한 맛, 애틋한 맛……. 기억 속에 저장된 맛들은 해가 갈수록 추억이라는 양념이 진하게 덧입혀져 더욱더 아련해진다.

———

이 책은 '제주의 맛'을 이야기하는 동시에 내 할아버지와 할머니의

'삶'을 짙게 담고 있다. 척박한 환경을 일궈 자식들을 먹이고 가르쳤던 제주 어른들의 삶과 풍습을 책에 담아내 그분들의 노고를 조금이나마 어루만지고자 했다. 그래서 이 책의 마지막 장을 덮었을 때 독자들의 마음에 따스하고 포근한 감정이 실리기를 바라며 단어 하나하나를 정성을 다해 골랐다.

책은 총 네 장으로 구성했다. 1장에서는 제주의 자연에서 얻은 싱싱한 식자재와 그것으로 만들어낸 따뜻했던 시절의 맛을, 2장에서는 내 인생 굽이굽이마다 맛으로 위로를 안겨준 제주의 음식들을 이야기한다. 3장에서는 음식에 얽힌 가족 이야기, 마지막 4장에서는 육지살이를 하는 동안 그리워했던 고향의 맛을 담았다.

책을 쓰는 동안 자꾸만 목이 멨다. 스치듯 지나가는 가을바람이 내 마음을 파고들 듯 어린 시절의 풋풋한 기억들이 마음 이곳저곳에서 되살아났다. 과수원으로 향하는 외할아버지의 백발이 바람에 흩날리던 순간, 우영팟에서 대나무 소쿠리를 건네던 외할머니 손등에 얼룩덜룩 번져 있던 흰 반점, 엄마의 손을 잡고 돈가스집을 가던 때의 따뜻했던 공기, 뒷마당 비파나무의 작은 달콤함까지 소소한 행복의 모든 순간이 마음을 일렁이게 했다. 그것은 사무친 그리움이었다.

이 책은 내가 경험한 제주를 배경으로 펼치는 '맛'에 대한 이야기다. 마음속에 허기가 느껴질 때면 누구나 가장 따뜻했던 시절의 맛을 떠올리게 된다. 과거의 기억을 떠올렸을 때 무엇 하나 맛과 관련되지 않은 것이 없다. 찻숟가락에 담긴 성게알은 할머니로 기억되고, 고단

했던 과거를 떠올리면 닭엿과 몸국부터 생각난다. 맛이 삶이고, 삶이 곧 맛이다. 나의 내밀한 이야기가 독자분들 몸속 깊은 곳에 축적된 맛의 기억을 불러오는 계기가 된다면 저자로서 큰 힘이 될 것이다.

『푸른 바당과 초록의 우영팟』은 내 이름으로 세상에 나오지만 사실 이 책의 주인공은 따로 있다. 엊그제 겪은 일도 가물가물하다는 어머니는 수십 년 전의 일을 낱낱이 기억해냈다. 오래전 기억으로 돌아갈 때마다 때로는 볼이 발그레한 소녀의 얼굴로, 어떤 날은 순진무구한 어린아이의 얼굴이 되었다. 그러므로 이 책은 내 어머니의 기록이기도, 그 시절 제주 어른들의 이야기이기도 하다.

'나고 자란 고향의 지극히 개인적인 이야기가 과연 사람들의 관심을 끌 수 있을까'라는 생각은 어느새 씨줄과 날줄로 이어져 한 권의 책이 되었다. 제주를 궁금해하는 요즘 사람들과 그 시절 제주의 맛을 그리워하는 사람들에게 따뜻한 여운과 영감을 준다면 더 바랄 것이 없겠다.

2021년 7월
김민희

미식의
은혜를 입다

"요리 가르치는 일을 업으로 삼고 있으니 매일 맛있는 것만 드시죠?" 가끔 이런 질문을 받으면 난처해지곤 한다. 상대가 원하는 답을 줄 수도 없거니와 매 끼니 맛있는 것만 먹을 수도 없기 때문이다. 요리 할 시간이 없어 빵 조각으로 끼니를 때울 때도, 찬밥을 대충 김에 싸 서 입에 욱여넣을 때도 있다. 그렇게 얼렁뚱땅 끼니를 때우면 기분이 우울해지고 인생을 허비한 느낌마저 든다. 그럴 때는 다음 끼니를 맛 있게 준비해 이전 끼니에서의 아쉬움을 보상하려 한다. 이왕이면 '미 식의 섬', 제주에서 미리 공수해둔 식자재로 말이다.

　나는 미식의 은혜를 입은 고장, 제주에서 자랐다. 산과 바다에는 맛 좋고 신선한 채소와 과일, 해산물이 넘쳐나고 제주만의 독특한 식 자재와 전통 레시피로 만든 음식들은 근래 들어 '자연식'이라는 이름 으로 주목받고 있다. 심지어 친숙한 식자재도 '제주'라는 프리미엄이 붙으면 가치가 높아진다. 이렇게 천혜의 재료로 만들어진 음식들을 어려서부터 먹고 자라다보니 자연스레 미식에 눈뜨게 되었다.

먹는 기쁨은 내 삶을 지탱하는 큰 힘이다. 20세기 일본의 전설적인 미식가 기타오지 로산진처럼 '세 끼니를 맛있는 음식만 먹고, 좋아하는 음식만 먹는 이상적인 식사'까지는 못하더라도 나만의 미식을 위해 손오공이 여의주 모으듯 철마다 쟁여두는 재료들을 소개한다.

진시황이 찾던 불로초가 전복이라고?

—

중국 최초로 통일제국을 세운 진시황이 불로장생不老長生에 좋다 하여 널리 구해 먹은 음식 중 하나가 '제주도 전복'이다. 바다의 산삼이라 불리는 전복은 여름철에 가장 맛이 좋은데 귀하고 값이 비싸 임금에게 진상하기도 했다.

예로부터 전복으로는 다양한 요리를 만들었지만, 그 가운데 '전복죽'이 가장 친숙하다. 맛있는 전복죽을 끓이고 싶다면 다음 두 가지만 기억하자. '전복내장(개웃)'과 '제주 참기름'. 생쌀에 개웃과 참기름을 다소 과하다 싶을 정도로 듬뿍 넣어 치댄 후, 냄비에서 충분히 볶아 끓이면 된다. 전복내장으로 인해 죽에 초록빛이 돌면서 풍미가 가득 배 맛이 진해진다.

쟁기야, 쟁기야, 구쟁기야

—

제주에서는 소라를 '구쟁기'라 부른다. 우리나라 소라 생산량의 80퍼센트 이상을 차지하는 제주 구쟁기는 뿔이 삐죽삐죽 솟아 있어 '뿔소라'라고도 불린다. 일반 소라는 소라의 막이 얇은데 뿔소라는 두껍고 단단하다.

　구쟁기는 삶거나 구워먹어도 맛있고 날것으로 먹어도 맛있다. 보통 구이로 흔하게 먹는데, 그대로 불에 구우면 되기에 특별한 손질이나 양념이 필요 없다. 달군 석쇠 위에 구쟁기를 통째 올려 약불로 굽다보면 구쟁기 자체에서 국물이 나와 고루 익는다. 여름에 먹는 '구쟁기 물회'도 별미다. 구쟁기를 날것 그대로 썰어 채소와 된장양념에 무친 후 생수를 부어 먹는데 오독오독 씹히는 식감과 시원하고 칼칼한 국물이 입맛을 당긴다.

보리가 익을 무렵에는 구살

—

'구살'은 성게를 뜻하는 제주 방언이다. 잡기도 다듬기도 힘들고, 알의 양이 워낙 적어 예로부터 산후식에 사용할 정도로 귀하게 여겨졌

맛보기 전에

다. 구살은 5월에서 7월 사이가 알이 통통하게 올라 맛이 좋은데, 제주에서는 "보리가 익을 무렵이 가장 맛있다"고 전해진다.

제주 사람들은 성게알로 국을 많이 끓여 먹는다. 다른 재료를 더하지 않고 싱싱한 성게알에 오로지 미역을 넣고 끓여내는데 노랗게 우러난 국물과 부드러운 미역이 한데 어우러져 시원하고 담백하다. 기본에 충실한 성게미역국 한 그릇이면 향긋한 제주 바다를 맛보기에 충분하다.

귀한 사람에게, 옥돔

—

옥돔은 제주도 근해에서 주로 잡히는 어종이다. 등 쪽에 붉은빛을 띠고 몸 중앙에는 노란색 세로띠가 있는 게 특징이다. 살이 희고 단단하면서 지방이 적고 단백질이 풍부해 오랫동안 맛과 영양을 고루 갖춘 생선으로 사랑받아왔다.

제주에서 '솔라니'라고 부르는 옥돔은 관혼상제에 반드시 올릴 정도로 귀하다. 옥돔은 12월부터 2월까지가 가장 맛있는데, 이 시기가 살에 수분이 많다. 수분이 많은 생선은 구웠을 때 쉽게 부서지기 때문에 꼭 말려서 구워야 한다. 옥돔구이는 제주 빙떡과 맛의 조화가 각별해서 어른들은 "빙떡에는 솔라니가 최고지!"라는 말을 자주 한다.

입맛 없을 땐,
멜

—

제주에서는 조금 큰 멸치를 '멜'이라 부른다. 멜은 제주 사람들의 일상에 없어서는 안 될 생선으로, 지금도 제주 도내 오일장 등지에서 수북이 쌓아놓고 파는 멜을 쉽게 볼 수 있다.

　당일 어획한 생물 멜은 통째로 얼갈이배추와 함께 시원하게 국으로 끓여 먹기도 하고, 고춧가루 양념을 넣어 칼칼하게 찌개를 만들기도 한다. 통통하고 싱싱한 멜은 배를 갈라 내장을 들어내고 말려서 쓴다. 이렇게 말린 멜을 간장과 조청에 바특하게 조려서 먹으면 아주 맛깔스럽다. 건멜조림은 만들기도 간단하다. 납작한 냄비에 맛간장, 물, 기름, 조청(혹은 물엿)을 넣고 끓이다 건멜을 넣고 자글자글 조리면 뚝딱 완성된다. 간장과 조청의 짭조름하고 다디단 맛이 멜에 배어 입맛을 돋우는 데다 뼈째 오독오독 씹히는 식감이 매력적이다.

쫄깃한 그 맛,
한치

—

제주에는 "한치가 쌀밥이면 오징어는 보리밥이다"라는 말이 있다. 오징어보다 한치가 한결 쫄깃하고 감칠맛이 깊기 때문이다. 한치는 동

맛보기 전에

해에서 많이 잡히는 오징어보다 몸통이 길쭉하고 다리가 짧은 것이 특징이다. 한치라는 이름은 다리 길이가 한 치(약 3.03cm)밖에 되지 않아 붙여졌다.

성성한 제주 한치회에 한라산 소주는 언제나 옳다. 소주는 한라산 오리지널이든 올래든 상관없지만 회는 '한치'여야 흡족하다. 제주 한치는 6월에서 8월까지가 제철이다. 성성하고 쫄깃한 맛이 일품이라 제주 관광객 인기 품목에 꼽히기도 한다. 산 채로 잘게 썰어 날회로 부드럽게 먹어도 좋고, 냉동해뒀다 팔팔 끓는 물에 데쳐 초고추장에 찍어 먹어도 그만이다. 쫄깃한 식감이 살 정도로 말려 구우면 그 배릿한 감칠맛에 맥주 한두 병쯤은 꿀꺽 마시게 된다. 생한치는 냉동해도 특유의 식감과 선도 유지가 가능해 제철인 여름에 냉동 한치를 대거 사들여 냉동실에 쟁여두면 든든하다.

자리 물회에는
바로 이것!
—

'자리'는 자리돔의 준말로 제주 근해에서만 잡히는 작은 생선이다. 성성한 자리는 얇게 썰어 회로 먹고, 통째 굽거나 조려 먹기도, 소금에 삭혀 젓갈로도 먹는다. 음력 5월에서 6월 사이에 알을 배고 있어 이때가 가장 맛있다.

자리 철에 제주에서는 집마다 물회를 만들어 먹는다. 자리의 비늘을 쏙쏙 긁어내고 양쪽 지느러미를 제거한 다음, 머리를 눈 있는 쪽에서 내장 부근까지 비스듬히 자르되 꼬리는 그대로 둔다. 손질한 자리를 가볍게 씻어 머리 부분은 곱게 다지고, 몸통은 어슷하게 길게 썰어두고 그 자리에 식초를 약간 뿌려두어 비린내를 가시게 한다. 파, 마늘, 깻잎, 고추를 잘게 썰고 오이는 채로 썬다.

제주도 물회에는 된장을 넣는 게 특징이다. 손질을 마친 자리에 된장과 갖은양념, 채소를 넣은 뒤 냉수를 부으면 칼칼하면서도 국물 맛이 진한 자리물회가 완성된다. 취향에 따라 곱게 다져둔 제피잎을 넣기도 하는데, 제피잎 특유의 향을 더해서 자리의 비린내를 제거한다.

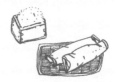

강원도 말고
제주 메밀가루

—

『메밀꽃 필 무렵』의 영향으로 보통 메밀, 하면 강원도를 떠올리지만 사실 국내 메밀 최대 산지는 제주도다. 제주에서는 예부터 밭농사를 많이 지었는데 그중에서도 특히 메밀을 많이 길렀다. 메밀은 생육 기간이 석 달 정도로 짧을 뿐 아니라, 다른 잡곡보다 늦게 파종해도 수확이 가능해 이모작이 가능하다. 그 역사가 이어져 제주산 메밀은 현재 국내 메밀 생산량의 30퍼센트를 차지하고 품질 또한 매우 좋은

맛보기 전에

것으로 정평이 나 있다.

메밀 생산량이 많은 만큼 제주에서는 각종 요리에 메밀가루를 많이 활용했다. 국수나 자배기(수제비), 범벅 등을 일상식으로 자주 먹었고, 특별식으로 상에 올리기도 했다. 명절이나 경조사 때 메밀로 만든 떡이나 메밀묵적은 상차림에 빠질 수 없었으며, 산모의 몸을 풀기 위한 용도로 메밀 요리를 만들기도 했다. 메밀이 산모의 부기를 빼고, 모유가 나오는 데 도움을 주기 때문이다.

메밀로 만든 음식 중 대표주자 격으로 '빙떡'이 있다. 빙떡은 제사나 잔치 때 주로 먹었는데, 빙떡의 반죽이 너무 묽거나 되지 않아야 하고, 터지지 않게 얇게 지져내야 하기에 상당한 내공이 필요하다. 빙떡은 메밀가루 반죽을 크레이프처럼 얇게 부친 후 삼삼하게 간한 무나물로 속을 채운 후 돌돌 말아 만든다. 기름에 지진 빙떡은 향과 맛이 고소하고 담백해서 지금도 제주하면 떠오르는 음식 가운데 하나다.

별떡의 주재료,
찹쌀가루

—

명절이나 제사가 있는 날 시골에 내려가면 접시에 별 모양을 한 떡이 높게 쌓여 있었다. 기름에 지진다고 하여 '기름떡'으로, 별을 닮았다

고 하여 '별떡'으로도 불렸다.

별떡은 찹쌀떡의 쫄깃한 식감에 기름의 고소함, 설탕의 단맛이 조화롭게 섞여 있어 맛있다. 제주의 어린이들이 좋아했던 이 떡은, 어른들에게도 추억이 담긴 주전부리다. 예전에는 큰 사각 번철에 기름을 둘러 떡을 지졌지만 요즘은 간편하게 프라이팬에서 지진다.

만드는 방법은 다음과 같다. 팬을 달군 후 기름을 넉넉히 두르고, 둥글납작하게 모양을 잡은 찹쌀 반죽을 올린다. 떡의 가장자리가 살짝 말려 올라갔을 때 뒤집어 조금 더 익혀주면 완성. 뜨거운 기름을 머금은 별떡에 설탕을 솔솔 뿌려주면 설탕이 녹으면서 떡 위에 얇은 막을 만든다. 쫄깃하고 고소한 찹쌀기름떡과 단맛의 조화가 훌륭하다.

숨어 있는
고사리를 찾아서

—

제주의 햇살과 바람, 비가 키워낸 제주 고사리는 다른 지역 고사리에 비해 길고 굵으면서도 부드럽다. 단백질과 칼슘, 철분이 풍부한 데다 맛과 품질이 뛰어나 과거 임금님께 진상할 정도로 독보적인 맛을 자랑한다.

제주 고사리는 대개 4월에서 5월 초순 정도까지 꺾을 수 있다. 5월 중순 무렵 더워지기 시작하면 고사리의 잎이 퍼버리거나 줄기가 단

단하고 질겨져 맛이 떨어지기 때문이다. 식용으로 채취하는 고사리
는 잎이 피기 전 동그랗게 말려 있는 어린 순이다.

고사리는 채취 후 쓴맛을 제거하기 위해 반드시 삶아야 한다. 삶은
고사리는 말려뒀다가 제수용이나 명절 상차림에 쓴다. 말리지 않은
날고사리는 냉동해뒀다가 삼겹살이나 항정살을 구워먹을 때 곁들이
면 아주 별미다. 고기가 노릇노릇 거의 다 익으면 맛간장과 마늘로
양념해뒀던 고사리를 넣고 쓱쓱 같이 볶으면 되는데, 육즙이 가득 밴
고사리의 씹는 맛과 은은한 풍미에 절로 웃음이 지어진다.

한겨울을 이겨내다,
달고 아삭한 무

—

겨울에도 좀처럼 영하로 떨어지지 않는 제주는 월동채소의 주산지
다. 한겨울 매서운 바람을 이겨내며 더욱 달큼한 '월동 무'는 어떻게
요리해도 맛있다. 제주에서는 무를 '놈삐'라 하는데, 큼직하게 썰어
소금에 절였다가 멜젓, 고춧가루, 파, 마늘, 생강을 넣고 양념하면 맛
있는 깍두기가 완성된다. 무 특유의 매운맛이 희미하게 남으면서도
달콤하고 아삭아삭 씹는 맛이 있어 입맛을 당긴다.

놈삐는 익혀 먹어도 달고 맛이 좋다. 싱싱한 갈치나 고등어와 말캉
하게 조리면 놈삐에 양념이 배어 입에 착 감긴다. 돼지 어깨 부분의

'접짝뼈'를 오랜 시간 푹 우려낸 육수에 메밀가루와 놈삐를 넣고 걸쭉하게 끓이면 제주식 돼지갈비탕인 '접짝뼈국'이 완성된다. 접짝뼈에 붙은 부드러운 고기를 뜯다가 놈삐를 진한 국물과 함께 한 숟가락 푹 떠서 먹으면 육수의 감칠맛이 가득 밴 놈삐가 바스러지면서 입안이 시원해진다.

우영팟의 터줏대감,
호박

—

제주 집집의 우영팟에서 가장 흔하고 친숙하게 볼 수 있는 채소가 바로 '호박'이다. 어찌나 왕성하게 자라는지 호박 넝쿨이 가지를 치며 우영팟 담벼락 전체를 덮어버리기 일쑤다. 크게 공들이지 않아도 해마다 튼실한 호박이 주렁주렁 자라서 어렵던 시절 식구들 배를 채워주곤 했다.

호박은 잎부터 열매까지 버릴 게 없다. 잎은 거친 섬유질을 없앤 후 찜통에 쪄서 쌈으로 먹거나 국을 끓여 먹고, 열매는 살짝 데쳐 나물로 무쳐 먹었다. 외할머니는 다 익은 호박을 따지 않고 우영팟에 오래 두었다가 색이 누렇게 되면 따왔는데, 이 늙은 호박은 특히 갈치와 궁합이 좋았다. 할머니는 싱싱한 갈치에 네모지게 썬 늙은 호박을 듬뿍 넣어 갈치호박국을 자주 끓였다. 갈치 국물의 담백한 맛과

맛보기 전에

늙은 호박의 단맛이 절묘하게 어우러진 갈치호박국은 제주 사람들이 좋아하는 고향의 맛으로 손에 꼽는다.

동쪽 제주의 다디단 보물, 구좌 당근

—

연중 따뜻한 날씨, 물 빠짐이 좋고 유기질이 풍부한 제주의 토양은 당근이 자라나기에 최적의 환경이다. 특히 구좌읍 세화리의 당근이 달고 향이 좋기로 유명하다. 당근은 생으로 샐러드에 넣어 먹어도 좋고 착즙해 주스로 마셔도 입안이 즐겁다. 잘게 썰어 기름에 볶거나 큼직하게 냄비에 넣고 카레와 뭉근하게 끓여도 맛있다.

몇 해 전부터 구좌 당근의 키워드는 '케이크'다. 당근 채를 듬뿍 넣어 반죽해 구운 시트에 부드러운 크림치즈를 올린 당근케이크는 깊은 풍미와 단맛으로 큰 사랑을 받고 있다. 최근에는 프랜차이즈 베이커리에서도 '구좌 당근케이크'를 선보이고 있다고 하니 인기의 척도를 짐작할 만하다.

1. 푸른 바당과 초록의 우영팟

해녀왕
양원홍

전복, 문어, 성게

–
첨부터 잘허기는,
그런 사람은 어서.
물질은 타고나는 게 아니야.
–

파도가 철썩 부딪치는 소리가 저 멀리서 아득히 들린다. 고즈넉한 어촌마을 서귀포시 안덕면 화순리. 마을의 초입, 주위 지형보다 조금 낮은 곳에 단단하게 자리잡은 초가가 있다. 차곡차곡 쌓아놓은 돌 사이를 짚을 섞어 반죽한 진흙이 채우고, 띠와 억새를 격자무늬로 꽁꽁 동여맨 나선형 지붕이 얹어진 옛날식 제주 가옥. 툇마루에 누우면 앞뒤로 살살 바람이 불어 한여름에도 더운 줄 몰랐던 그곳.

　선선한 바람에 잠깐 잠이 들었나보다. 인기척에 고개를 돌려보니 시야 끝에 망사리를 어깨에 짊어진 할머니의 모습이 걸렸다.

"오래 기다련? 어떵헌 일인지 전복도 대자로 세 개나 따고 성게에 뭉게(문어)에. 뭉게 하나 삶아주느냐?"

70년 경력의 해녀, 나의 할머니 양원홍. 그녀는 안덕면 화순리 어촌계를 주름잡던 해녀왕이다.

할머니가 왕년에 해녀왕이었다는 건 아버지에게 들어 익히 알고 있었다. 물질 기량이 특출난 해녀를 대상군大上軍이라 불렀는데, 할머니는 대상군 가운데 으뜸이었다. 다른 해녀들이 들어가지 못하는 깊은 바닷속까지 들어가 진귀한 해산물을 많이 잡았다.

실력이 뛰어난 운동선수도 나이가 들면 체력이 떨어져 퇴보하는 것처럼, 해녀도 전성기가 지나면 대상군이었던 사람도 하군下軍이 된다. 그래도 제주 해녀는 일흔, 여든이 되어도 건강이 허락하는 한 바다에 들어갈 수 있다. 할머니 역시 일흔이 넘은 나이에도 물때가 좋고 파도가 잔잔할 때면 푸른 바닷속으로 뛰어들었다. 그런데 이날은 큰 전복까지 따는 횡재를 한 것.

일복으로 갈아입은 할머니는 망사리에서 날미역과 성게를 꺼냈다. 뾰족뾰족 검은 가시가 달린 성게의 모습이 잔뜩 웅크리고 있는 고슴도치를 닮았다. 할머니는 성게의 배를 가르고 노란 성게알을 얼른 훑어 날미역에 쌌다.

"제주 성게의 참맛은 이추룩 금방 깐 성게알을 날미역에 싸서 먹는 거여. 아~ 해보라."

푸른 바당과 초록의 우영팟

갓 잡은 성게알과 식감 좋은 날미역의 조합은 과연 달게 느껴질 정도로 맛있었다.

"우와, 이거 진짜 맛있는데요? 향도 좋고, 식감도 최고예요!"

"맛 좋지? 부엌 찬장에 가민 종이컵 이실거여. 그거 대여섯 개만 얼른 가정오라."

할머니는 성게를 전부 꺼내 마당 한편에 쌓은 후 한 개씩 나무도마에 올려 가시 사이에 칼끝을 넣었다. 힘주어 반으로 가르고, 찻숟가락으로 성게알의 모양이 흐트러지지 않게 조심스레 떠서 종이컵에 넣었다. 할머니는 어깨를 구부린 채 쉼 없이 같은 동작을 반복했다. 한낮 제주의 햇볕은 따가웠다. 가끔 마당을 건너오는 바닷바람만이 한줄기 위안이었다. 문득 할머니가 어떻게 해녀가 되었는지 궁금해졌다.

"우리 어릴 적에 빨래도 하고 목욕도 할 수 있는 천川이 저기 바당 옆에 이셨져. 어머니 따랑 거길 자주 갔었주."

할머니의 어머니가 그 노천 목욕탕에서 빨래를 할 때면, 할머니는 옆에 있던 얕은 바다에서 첨벙거리며 물장구를 쳤다. 그렇게 헤엄과 잠수를 조금씩 익히다 열여섯에 본격적으로 물질을 하게 되었다.

"할머니는 처음부터 물질을 잘했어요?"

"첨부터 잘허기는, 그런 사람은 어서. 물질은 타고나는 게 아니야."

"그럼요?"

"야픈 바당에서 헤엄치당 호꼼씩 잘해져가민 지픈 바당으로 나가게 된다. 그렇게 초레초레 경험을 쌓으멍 몸에 익어가야 물질도 차츰 잘허게 되는거주."

———

바다에 맨몸을 던져 해산물을 채취하는 물질은 삼국사기에도 기록되어 있는 오래된 바닷일이다. 깊은 물속에서 강한 수압을 견디며 1분 이상 숨을 참고 작업해야 하는 물질 기술은 결코 쉽게 얻어지지 않는다. 오랜 세월 동안 쌓은 경험을 통해 터득하게 되는 것. 할머니도 열여섯에 아기 해녀가 된 이후로 시도 때도 없이 숱한 시간을 바다에 드나들며 수련했다.

"저승 문턱까지 갔다가 이승으로 돌아온 게 한두 번이 아니었주."

조류에 휘말려 죽을 고비를 넘긴 것도 부지기수였다. 깊은 바닷속에 들어가 전복을 따고 나왔는데 바다에서 자신의 위치가 가늠 안 되던 때도 숱했다. 그래도 포기하지 않고 계속 바다에 나갔다. 자맥질하여 바다 밭의 위치를 눈으로 확인하고, 수압과 산소의 양을 감지하며 몸으로 익혀갔다. 잠수 시간도 점차 늘어가고, 따는 해산물의 양과 종류도 많아졌다. 물질 기량은 유전적인 것도, 하루아침에 숙달되는 것도 아니었다. 매일의 경험이 쌓여 숙련되는 것, 그것이 물질이었다.

"젊었을 땐 배 타고 육지 물질도 자주 나갔었주. 죽을 만큼 고됐지만 목돈을 벌 수 있었으니까."

할머니는 제주도 밖으로도 물질을 많이 나갔다. 충청도, 경상도, 거제도 등 한반도 구석구석 안 가본 데 없이 다녔다. 먼 바다로 나가 여러 날을 배에서 숙식하며 물질을 했는데 식사를 하거나 잠깐 불 쬐며 휴식하는 시간을 제외하고는 계속 바닷속에 있어야 했다. 일이 얼마나 고됐는지 몸무게가 40킬로그램대까지 떨어지기도 했다.

"할머니, 그때 엄청 힘들었죠?"

"힘든 거야 말도 못 하지. 배고팡 입에 밥을 물고 있어도 그걸 씹지 못할 정도로 고됐었주."

당시의 고달픔이 느껴져 마음이 숙연해졌다.

해녀는 자연의 순리대로 일 년 중 반 정도만 물질을 할 수 있었다. 물때가 좋은 한 달에 일주일 정도를 연이어 물질하고 이후 8일을 쉬었다. 물질을 쉴 때도 할머니는 쉬지 않았다. 밭을 일궈 마늘과 감자, 깨 농사를 지었다.

"그렇게 고생했는데 농사까지 지었어요? 너무 힘들었겠다."

"먹고 살잰허난 어떵헐 수가 어섰져. 제주 어멍들은 다들 경 살았어."

젊은 시절의 할머니는 새벽부터 밤까지 일에 파묻혀 살았다. 물질에 밭일에 집안일까지 오롯이 다 할머니의 몫이었다. 할머니를 움직이게 했던 건 하루가 다르게 커가는 자식들이었다.

"썰물이 가까워지면 밭일을 하다가도 물때 맞춰 바다로 나갔었다. 뭐 하나라도 따면 그게 곧 돈이었으니까."

전후戰後 세대. 그 시절 제주의 여인들이 다 그랬다. 마을 곳곳에는 전쟁에 아버지를 잃은 자식들이 많았다. 척박하고 거친 제주의 환경, 올망졸망한 자식들이 어머니만 바라보던 시절. 부지런히 일하지 않으면 먹고 살아갈 수가 없었다. 그녀들은 더 억세고 강인해질 수밖에 없었다. 목숨을 걸고 바다에 뛰어들어 해산물을 따고, 척박한 땅을 일구며 농사를 지어 자식들을 먹이고 공부를 가르쳤다.

여름볕은 강렬했다. 망사리에 가득 담겨 있던 그 많은 성게를 땀을 뻘뻘 흘려가며 오랜 시간 힘들게 깠는데도 겨우 종이컵 네 개 분량밖에 나오지 않았다. 할머니는 성게가 담긴 종이컵을 비닐로 싸고 고무줄로 동여맸다.

"이거 냉동해뒀당 집에 가져강 먹으라."

할머니의 피와 땀이 녹아든 그 종이컵을 받아드는데 가슴이 뭉클했다. 성게를 까는 데 이렇게 공이 많이 드는 줄도 모르고 할머니 집에서 성게가 올라오면 맛있다면서 숟가락으로 퍼먹기 바빴구나.

"이제 슬슬 뭉게를 삶아사켜."

할머니는 굵은소금으로 아직 꿈틀거리고 있는 문어를 문질렀다. 장작불로 지핀 가마솥에서 물이 팔팔 끓기 시작하니 문어를 통째로 집어넣어 부드럽게 데쳐냈다. 할머니는 찬물에 살짝 헹군 문어를 큼직하게 썰어 내게 건넸다.

"초장 주느냐?"

"아뇨, 이대로 딱 좋아요."

구름이 석양에 빨갛게 물들기 시작하고 서녘 하늘에는 벌써 초승

푸른 바당과 초록의 우영팟

달이 하얀 얼굴을 내밀었다. 코끝에 스치는 바람에는 배릿한 바다 냄새가 한층 더 짙게 배어 있었다. 고개를 돌려 할머니를 바라보았다. 주름투성이 얼굴과 굽은 등, 뭉툭한 손가락. 부드럽게 미소 짓는 듯하면서도 이따금 눈에 강한 빛이 깃들어 있는 표정. 세월의 풍파를 온몸으로 견뎌낸 제주의 여인이 거기 있었다.

그 여름은 내가 기억하는 할머니와의 유일하고도 긴밀한 시간이었다. 억세고 고집스럽게만 여겨졌던 할머니가 이해되던 순간이기도 했다. 지금도 TV에서 제주 해녀가 나올 때면 그날의 할머니가 떠오른다. 그리고 추억한다. 누구보다 독립적이고 강인하며 생활력 강한 여성, 해녀왕 양원홍 할머니를……

새벽에 잡아올린
제주 바다

갈치호박국

–
버터를 머금은 듯
고소한 향이
혀뿌리에 남는다.
한 톨의 낭비 없이 먹은
깊고 고소한 단맛.
–

대학생 여동생과 자취하던 시절, 우리는 곧잘 음식을 만들어 집밥을 챙겨 먹었다. 제주에서 올라온 먹음직스러운 식자재가 냉장고에 가득했기 때문이다. 비계가 쫄깃한 흑돼지 목살을 구워 멜젓(조금 큰 멸치를 뜻하는 제주 멜을 소금에 절여 만든 젓갈)에 찍어 먹고, 구덕구덕하게 말린 전갱이를 튀겨 먹고, 싱싱한 냉동 한치를 데쳐 먹곤 했으니 이렇게 축복받은 자취생이 따로 있을까 싶다. 그것들은 맛도 맛이었지만 고향의 정취가 고스란히 되살아나서 애틋하고 소중했다.

푸른 바당과 초록의 우영팟

어린 시절, 아버지는 산지에서 수산물을 사들여 소매상에 납품하는 도매상이었다. 수산물 유통업을 크게 한 아버지 덕분에 밥상에는 생선이 수시로 올라왔다. 한치, 문어, 자리, 뿔소라, 도미, 우럭, 성게, 전복, 옥돔, 각재기(전갱이), 볼락 등 한자리에 모이기 힘든 귀한 수산물이 우리 집 생선 반찬의 어엿한 단골이었다. 이 단골들은 하나씩 상에 오르기도 했지만, 여러 개가 한꺼번에 올라오기도 했다. 예컨대 문어숙회와 성게알에 옥돔 뭇국, 옥돔구이 같은 식으로. 어릴 적에는 상에 차려진 것을 그저 맛있게 받아먹을 뿐이라 별생각이 없었지만, 지금 와 돌이켜보니 호사스러워도 이렇게 호사스러울 수가 없는 밥상이었다.

　새벽 출근을 했던 아버지는 당일 어획한 은갈치가 들어오는 날이면 틈을 내 집에 들렀다. 오직 지느러미가 바짝 살아 있는 싱싱한 은갈치를 엄마에게 전달하기 위해서. 제주 은갈치는 우리 식구들이 가장 좋아하는 밥상 위 최고 스타였다. 반짝거리는 은갈치는 어부가 낚싯바늘로 한 마리 한 마리 잡은 갈치를 말한다. 공들여 조심조심 잡기 때문에 갈치의 은색 펄이 그대로 유지돼 선도가 좋고 먹갈치보다 값이 훨씬 비싸다. 먹갈치는 그물을 깔아서 한꺼번에 잡기 때문에 성미 급한 갈치들이 서로 엉켜 손상을 입고 선도도 떨어진다.

　아버지가 가져온 몸집이 크고 선도 좋은 갈치가 들어온 날은 엄마의 목소리에 더 큰 힘이 실렸다. "애들아, 이리 나와. 이 싱싱한 갈치 좀 봐라. 껍질이 은박지다 은박지." 기름진 뱃살에 큼직한 알이 배어 있는 은갈치는 얼른 잘라 지체 없이 석쇠 위로 올라가거나 냄비 속으로 직행한다. 그것이 잘 잡혀준 갈치에 대한 예의이고, 시간을 쪼개 갈치를 '셔틀'해준 아버지에 대한 보답이었다.

먹는 걸 좋아했던 나는 어렸을 때부터 엄마가 요리하는 모습을 옆에서 자주 구경했다. 30여 년 전부터 엄마가 마스터인 요리 방송을 지켜본 셈이다. 이 '쿡방'의 가장 큰 장점은 언제든 질문이 가능한 쌍방향 방송이라는 것. 갈치 손질만은 전설의 요리사 '줄리아 차일드'와 맞짱 떠도 왠지 이길 것 같은 엄마의 거침없는 쿡방이 이날도 어김없이 시작되었다.

사노 요코가 『사는 게 뭐라고』에서 말했듯, 요리에도 기세氣勢라는 게 있다. 기세에 눌리면 아무것도 할 수 없다는 듯 갓 잡은 갈치를 다루는 엄마의 손길은 거침이 없었다. 예리한 칼끝으로 갈치의 배를 갈라 내장을 빼내고 가볍게 씻은 다음 물기를 획획 털어냈다. 토막을 치고 굵은소금을 톡톡 뿌려 가스레인지 그릴에 올렸다. 불은 중불과 약불 사이. 불이 너무 세면 타버리고 너무 약하면 굽는 데 시간이 오래 걸려 딱딱해진다. 모든 생선이 그러하지만, 갈치 역시 불 조절에 따라 맛이 좌우된다.

"그럼 갈치는 언제 뒤집어야 해?"

지글지글 익어가는 갈치 토막을 지켜보던 내가 엄마에게 물었다.

"불에 닿은 쪽 껍질의 은빛이 이렇게 살짝 누레지면서 고소한 향이 나기 시작하면, 그때 바로 갈치를 뒤집어야 해. 살은 이미 익었기 때

푸른 바당과 초록의 우영팟

문에 표면만 좀더 구우면 돼."

엄마는 긴 나무젓가락으로 갈치 토막의 위아래를 잡더니 능숙하게 뒤집었다. 갈치 모양이 1밀리미터도 틀어지지 않고 말끔히 뒤집혔다.

"뒤집는 건 한 번이면 충분해."

제주 줄리아 차일드의 얼굴에는 자신감이 넘쳤고, 나는 곧 갈치를 먹을 생각에 침을 꼴깍 삼켰다.

'싱싱한 생선에선 비린내가 나지 않는다'는 사실을 어린 시절의 경험에서 알게 되었다. 아버지가 가져다주는 당일 어획한 생선들은 하나같이 신선해서 바다 내음밖에 나지 않았다. 싱싱한 갈치가 들어오면 엄마는 구이와 함께 한 가지를 더 상에 올렸다. 제주에서만 특별히 만들어 먹는 갈치호박국을.

———

갈치는 성미가 급한 생선이다. 좁은 곳에 갇히거나 뭍으로 나오면 금세 죽어버린다. 성질 급한 갈치는 상온에 노출되면 쉽게 상하기 때문에 싱싱한 갈치는 산지에서만 먹을 수 있다고 해도 과언이 아니다.

제주에서는 싱싱한 갈치로 국을 끓여 먹는데 이때 노랗게 익은 늙은 호박을 썰어 넣는다. 다시마로 맛국물을 내어 보글보글 끓이다가 토막 친 갈치를 넣는데, 갈치의 머리를 반드시 같이 넣어야 한다. 머리에서 고소한 육수가 듬뿍 우러나기 때문이다. 네모지게 썰어둔 늙은 호박을 두 주먹 넣고, 밭에서 딴 얼갈이배추 서너 장을 찢어 넣은 뒤 파와 마늘을 조금 더하면 갈치호박국이 완성된다.

바다 내음을 잔뜩 머금었으나 비릿한 냄새가 전혀 느껴지지 않는 깔끔하고 개운한 갈치호박국. 갈치의 질 좋은 단백질과 소화가 잘 되는 호박의 궁합은 영양이 풍부해 산모나 회복기 환자에게 먹였을 정도로 건강식이다. 게다가 고소하고 시원한 국물은 술 먹고 난 다음 날 해장용으로도 그만이다.

따뜻한 밥 옆에 자리한 노릇한 갈치구이와 뽀얀 갈치호박국을 보면 절로 흐뭇한 미소가 지어진다. 냉큼 앞접시에 갈치구이 한 토막을 가져온다. 갈치는 잔가시가 많기 때문에 잘 발라내야 한다. 가끔 갈치를 발라 먹기 귀찮아 살만 대충 휘저어 먹는 사람을 보면 안타깝기 그지없다. 그런 모습을 볼 때 만화『식객』의 한 장면이 떠오른다. 바로 주인공 성찬이 어린 시절 아버지에게 갈치 가시를 발라내는 수련을 받은 덕택에 최고의 맛집 운암정에 입사하는 일화 때문이다. 대학 시절, 허영만의『식객』을 읽으면서 '나도 운암정에 들어갈 수 있었겠네' 하며 혼자 웃었던 게 생각난다.

부모님이 갈치를 다듬어 드시는 모습을 어릴 때부터 지켜본 나는 '갈치 마스터'마냥 가시를 능숙하게 발라낸다. 기술은 간단하다. 먼저 젓가락을 갈치 양옆에 세로로 눕혀 끝부분만 훑어내듯이 길게 빼낸다. 그다음 다시 젓가락을 갈치 등뼈 위쪽 살에 집어넣고 위에서 아래로 미끄러지듯 쓱 내려오면 갈치의 속살과 뼈가 쉽게 분리된다.

푸른 바당과 초록의 우영팟

윗부분의 살을 다 먹고 난 후 척추뼈를 들어내고 아랫부분의 살을 먹기 시작하면 낭비 없이 갈치를 온전히 다 먹을 수 있다.

다디단 호박을 곁들여 끓인 갈치호박국은 국물이 시원하고 살은 부드럽고 맛이 깊다. 갈치의 보드라운 흰 살은 입에 넣자마자 사르르 녹아버린다. 달다. 사탕의 단맛이 아닌 생선 살점이 가진 깊고 고소한 단맛. 기름진 갈치의 뱃살은 입안에 들어온 순간 몇 번 씹을 새도 없이 사라져버린다. 버터를 머금은 듯 고소한 향이 혀뿌리에 남아서 먹었다는 사실을 알아챌 뿐이다.

지금도 당일 잡은 갈치구이라면 환장한다. 갈치는 가을에서 겨울에 접어들 때가 특히 맛있다. 그 계절이 되면 나는 집 나간 며느리도 돌아온다는 전어구이가 아닌 노릇하게 구워진 갈치구이를 찾아 코를 킁킁거린다. 어린 시절 아버지의 '갈치셔틀'과, '제주 줄리아 차일드의 쿡방', 수십 년간 수많은 갈치 토막의 뼈를 발라내며 터득한 젓가락질을 통해 '진짜 갈치'를 알아보고 사랑하게 되었다. 나는 갈치의 진가를 알아보고 살점 한 톨의 낭비 없이 야무지게 뼈를 발라 누구보다 맛있게 먹을 자신이 있다. 그리고 자신의 진가를 알아봐주는 이에게 갈치는 답할 것이다. 변치 않는 깊은 단맛으로.

외할머니의
채소 팔레트

우영팟

–
봄이면 유채와 마늘종,
여름에는 토마토와 가지,
가을에는 자줏빛 봉오리가
탐스러운 양애(양하),
그리고 사시사철 묵묵히
텃밭을 지키는 호박.
–

몇 해 전 베트남 다낭으로 일주일간 여행을 다녀왔다. 가이드북에서
추천한 식당에 들어가 샤부샤부 같은 탕 요리를 시켰다. 육수가 담긴
냄비가 테이블 위 가스레인지에 올려졌고, 해산물과 고기가 든 큰 접
시와 곧이어 각종 채소와 허브가 담긴 바구니가 따라 나왔다. 채소
바구니에는 뜻밖에도 노란 호박꽃이 가득 들어 있었다.

　호박꽃도 먹으라는 건지, 장식으로 놓은 걸 내가 착각하는 건지 주
위를 둘러봤다. 사람들은 보글거리는 냄비에 호박꽃을 풍덩 넣더니

　　　　　　　　　　　푸른 바당과 초록의 우영팟

바로 건져 참 맛있게 먹고 있었다. 그 모습을 흉내내보기로 했다.

호박꽃은 육수에 넣자마자 숨이 확 죽어 쪼그라들었다. 호박꽃의 모습에 잠시 애잔해졌지만, 입에 넣고 오물오물 씹어봤더니 살짝 달콤한 맛이 올라와 먹는 재미가 있었다. 호박꽃을 키조개와 함께 맛보기도, 고기와 면에 잔뜩 올려 먹어보기도 했다. 내 입에는, 호박꽃만 건져 먹거나 고기만 곁들여 먹는 편이 더 맞았다.

베트남은 특이한 식자재를 요리에 이용하는 나라로 손꼽힌다. 이곳에서는 호박꽃도 단순한 장식이 아닌 엄연한 요리의 한 부분으로 식탁에 오른다. 베트남어로 봉비bông bí인 호박꽃은 베트남 사람들에게 매우 친숙한 식재료로 요리에 다양하게 활용된다. 간단하게 볶거나 쪄서 먹기도 하지만 다른 재료와 같이 볶기도, 호박꽃 속을 채워 찌기도 한다니 놀라웠다. 특히 호박꽃을 마늘과 소고기로 볶은 요리bông bí xào tỏi và thịt bò, 호박꽃에 고기를 넣어서 튀긴 요리bông bí nhồi thịt chiên giòn는 가정식으로도 자주 해먹는다고 한다.

제주에서도 호박은 매우 친숙하다. 제주 농촌마을에는 예부터 집마다 '우영팟'이라 불리는 텃밭이 있다. 이 우영팟에는 제주의 따뜻한 날씨 덕분에 사시사철 채소를 가꾸기 좋아 늘 싱싱한 채소들이 가득했다. 가족들이 먹을 채소 대부분을 여기서 가꿨는데 그중에서도 호박은 우영팟의 터줏대감이었다.

외가 뒤뜰에도 할아버지와 할머니가 가꾸는 널찍한 우영팟이 있었다. 봄이면 짙푸른 유채와 마늘종이 차례로 올라왔고, 여름에는 토마토와 가지가 길차게 줄기를 뻗어갔다. 가을에는 추석 전후로 자줏빛 봉오리가 탐스러운 양애간(양하근)이 고개를 들곤 했다. 그 가운데 사시사철 묵묵히 텃밭을 지켜주던 건 호박이었다. 호박은 참으로 무던하게 자라는 작물이었다. 심어만 놓으면 절로 넝쿨이 텃밭을 넘어 담을 타고 올라갔다. 짙푸른 호박잎은 기세 좋게 뻗어나가다 곧 온 담장을 덮곤 했다. 노란 호박꽃이 피어나고, 가을이면 탐스러운 호박이 누렇게 익어가는 모습이 어린 내 눈에 인상적으로 비쳤다.

여름날 아침이면 외할머니는 나를 데리고 우영팟으로 갔다. 우영팟에서 자란 싱싱한 채소들은 하나같이 생명력이 넘쳤다. 붉은 토마토, 가지의 선명한 보라색, 잔가시가 돋친 호박잎까지도. 할머니는 내게 대나무 소쿠리를 넘겨주시곤 "이건 탈(딸) 때가 됐고, 저건 사흘은 더 기다려사 먹어지켜" 하면서, 토마토나 고추같이 따기 쉬운 채소들은 직접 따게 했다. 할머니의 손짓 따라 채소를 조심조심 따서 소쿠리에 담으면, "이건 민희가 딴 채소니 특히나 더 맛있으키여"라며 칭찬을 아끼지 않으셨고 그 채소들은 곧 밥상 위에 올랐다.

'채식주의'라는 단어가 낯설던 시절, 할머니는 닭고기나 조금 드셨을 뿐 소고기나 돼지고기는 일절 입에 대지 않으셨다. 외할아버지를 위해 고기 요리를 했지만, 외할머니를 위한 식단은 언제나 채소가 대부분이었다. 밥, 된장국, 김치에 생채소나 익힌 나물 한두 가지, 가끔 생선 정도가 할머니 밥상의 주메뉴였다. 이런 외할머니에게 우영팟은 더할 나위 없는 '채소 팔레트'였다.

푸른 바당과 초록의 우영팟

제주의 따뜻한 날씨는 겨울에도 채소를 가꾸기에 어려움이 없었다. 그래서 우영팟에서는 겨우내 배추를 자주 심었다. 이 겨울 배추에서 봄에 부드러운 꽃대가 올라오는데, 이것을 제주에서 '동지冬枝'라고 부른다. 싱싱한 동지로 김치를 담그면 신선하고 맛있었다. 동지짐치(동지김치)는 육지에서는 볼 수 없는 독특한 김치로 요즘도 제주에서는 겨울에 동지로 김치를 담근다. 소금에 가볍게 절인 동지에 마늘과 생강을 다져넣고 곰삭은 멜젓과 고춧가루를 넣고 버무리는데 봄철 입맛을 끌어올리기에 충분하다.

　동지짐치도 별미였지만 할머니의 채소 반찬 가운데 '양애'라는 나물이 유독 내 입맛을 사로잡았다. '양애' 혹은 '양애끈'이라 불리는 양하는 생강과의 여러해살이풀로 향이 독특하고 맛에 묘한 중독성이 있다. 원래는 산이나 들에서 자라는 것이었으나 집의 울타리 밑에 심어 재배하기도 한다.

　할머니는 우영팟 그늘진 곳에 양애를 빼곡히 심어뒀다가 추석 전후, 꽃이 피어 질겨지기 전에 캐와 나물을 만드셨다. 양애순의 질긴 겉껍질은 벗겨내고 속의 새순만 물에 가볍게 씻은 다음 끓는 물에 살짝 데쳐, 거기에 국간장 조금에 참기름과 깨소금만 더해 무쳤는데 향긋하면서도 고소한 맛이 일품이었다. 양애나물이 상에 오르면 온 식구가 그 반찬에 먼저 젓가락을 뻗어 웃음이 터지기도 했다.

동지김치나 양애나물이 한철 잠시 먹을 수 있는 별미였다면 수시로 밥상에 올라 정들어버린 국이 있다. 외할머니가 자주 만들었던 호박잎국이 그렇다. 호박잎국은 재료는 단출하지만 손질에 공이 많이 들었다. 우영팟에서 꺾어온 호박잎을 신문지 위에 가득 올려놓고 한 가닥 한 가닥 다듬는 게 호박잎국 만들기의 시작이었다. 거친 겉줄기를 분질러 줄기부터 이파리로 이어지는 질긴 섬유질을 벗겨내고 흐르는 물에 바락바락 주물러 씻었다. 끓는 육수에 손질한 호박잎을 잘라 넣었더니 잠시 후 국물이 초록빛을 띠기 시작했다. 밀가루를 조금 풀어 넣고 한소끔 더 부르르 끓인 후 할머니는 뚝 불을 껐다.

"먹어봐라."

국을 건네받긴 했지만, 호박잎만 들어간 국이 무슨 맛이 있을까 싶었다. 그런데 할머니는 정말 소중한 음식을 대하듯 국이 든 사발을 손으로 감아쥐고서 입가에 미소까지 머금은 채 드시기 시작했다. 하도 맛있게 드시길래 그제야 나도 호박잎국을 한 숟가락 떠서 먹어봤다. 강렬하게 확 와닿는 맛은 아니었지만 먹을수록 정겨웠다.

"호박잎국은 뜨거울 때도 좋지만 사실 식으민 더 맛이 좋아."

국에 밥을 말아 김치를 올리는 할머니를 따라 나도 호박잎국에 밥을 말아 후루룩 들이켰던 기억이 난다.

어릴 때 먹던 추억의 음식은 이제 어른이 되어 직접 해먹게 되었다. 가끔 집에서 호박잎국을 끓여 먹는데, 벚꽃이 지고 철쭉이 필 즈

푸른 바당과 초록의 우영팟

음이다. 그때 시장에 나가보면 연한 호박잎을 한 묶음씩 묶어놓고 판다. 우영팟에서 갓 꺾어온 호박잎의 싱싱함은 절대 못 따라가지만, 할머니의 맛을 재현하고 싶은 마음에 꼭 두 단은 사 들고 온다.

신문지를 펼쳐놓고 호박잎의 섬유질을 한 가닥 한 가닥 벗겨내다 보면 어디선가 귀에 익은 목소리가 들리는 듯하다. "호박잎국을 끓일 때는 아멩 귀찮아도 꼭 이 억센 껍질을 벗겨 냉 끓여사 돼. 그래야 입 안에 걸리는 거 없이 부드럽게 만들어진다."

들릴 듯 말 듯 이어지는 할머니의 목소리에 귀 기울이는 동안 호박잎국이 조금씩 모양을 갖추어간다. 양껏 끓여 뜨끈하게 한 그릇 먹고, 남은 건 차게 식혀뒀다가 내일 아침에 먹어야지. 할머니의 말씀처럼 호박잎국은 식으면 더 맛있으니까.

최초의
한입

–
맛의 기억은 상상 속에서
점점 더 부풀며
닿을 수 없는
신기루처럼 커진다.
–

할머니가 바다 깊은 곳에서 따셨다면서 큰 참외만한 홍해삼 두어 마리를 인편으로 보내셨다. 제 앞가림도 못하던 어린 시절부터 음식만큼은 누구보다 관심이 많던 나는 꾸러미 앞에 쪼그리고 앉아 눈을 반짝거렸다.

　베일을 벗은 해삼은 선명한 붉은색을 띠며 훌륭한 자태를 뽐냈다. 윤기가 자르르 흐르는 모습은 아름답기까지 했다. 진귀한 해산물을 많이 본 아버지조차 그 홍해삼을 보고는 "와, 어머니가 제대로 큰 거를 따셨네!" 하고 감탄하셨다.

칼로 해삼의 배를 가르자 안에 있던 내장이 도마 위로 주르륵 흘러나왔다. 그것을 얼른 손으로 훑어 아빠와 엄마가 드시는데, 어찌나 흐뭇한 표정이던지…… 구미가 동했다. '대체 어떤 맛이길래 저렇게 행복해하실까?' 침이 고였다. "너도 한번 먹어볼래? 애가 먹기엔 조금 비릴 수도 있지만……." 나는 목각인형처럼 고개를 끄덕였다. 엄마가 손으로 홍해삼의 내장을 조금 집어내 입안에 넣어주었다.

입에 머금은 해삼 내장에서 신기하게도 생동하는 바다가 느껴졌다. 짙푸른 바다 내음은 그립기도, 아득하기도 한 감정을 불러일으켰다. "달고 맛있고…… 뭐랄까, 바다 같아요." 엄마는 고개를 끄덕이며 이번에는 칼로 해삼의 살을 동그랗게 썰어주셨다. 탄력이 느껴지는 쫄깃한 식감과 입안 가득 퍼지는 배릿한 향이 자신의 존재감을 묵직하게 드러냈다. 해삼의 붉은빛 아름다움을 보았을 때 이미 마음이 번쩍거렸지만, 내 식도락 인생을 돌아볼 때 홍해삼을 그 순간만큼 맛있게 먹어본 적은 전무후무하다.

홍해삼은 제주 바다에서만 잡힌다. 제주 연안에서 잡힌 해삼이 붉은빛을 띤다 하여 '홍紅 해삼' '홍삼'이라 불린다. 홍삼은 바다에서 갓 잡힌 상태, 내장도 온전히 보존된 싱싱한 상태에서 먹어야 맛의 진면목을 알아차릴 수 있다. 잡힌 지 며칠 된 것이나 냉동 홍삼으로는 홍삼이 가진 참맛을 느끼기 어렵다. 따라서 산지인 제주가 아니고서야 타 지역에서는 홍삼의 진짜 맛을 보기란 거의 불가능에 가깝다 해도 과언이 아니다.

홍삼은 해녀의 손으로만 채취가 가능하다. 깊은 바다 밑에 서식하는 홍삼을 따서 뭍으로 건져나오는 일은 숙련을 요구하는 정교한 작업이다. 큼지막한 자연산 홍삼은 자연산 전복과 마찬가지로 요즘에는 잘 잡히지 않아 더욱 귀하다. 제주의 동쪽 바다에서 본격적인 여름이 시작되기 직전인 오뉴월에 잡힌 홍삼이 가장 맛이 좋은 걸로 알려져 있다.

홍삼은 맛도 맛이지만 질 좋은 영양 때문에 귀하게 여겨졌다. 해삼의 몸을 두 동강 내 바다에 던지면 약 3개월 만에 나머지 절반의 몸이 회복된다고 알려져 있을 정도로 생명력이 어마어마하다. 그 강한 생명력은 해삼의 내장에 응축돼 있다. 그래서 홍삼의 진가를 아는 사람들은 어쩌다 홍삼을 먹을 기회가 생기면 '해삼 내장'부터 입에 털어 넣는다. 시중에서 흔히 보는 작은 해삼에는 내장이 거의 없기 때문이다. 커다란 해삼에서만 볼 수 있는 내장은 귀한 데다 영양이 풍부하고 풍미가 깊다. 이 내장을 염장해 발효한 것이 일본에서 진미로 알려진 해삼내장젓 '고노와다このわた'이다.

일본에서는 해삼 내장을 소금에 절여 만든 고노와다를 가라스미唐墨·어란, 시오우니塩うに·성게알젓와 함께 3대 진미로 꼽는다. 해삼 내장은 해삼 내에 극소량만 들어 있다. 예컨대 해삼 50킬로그램의 배를 갈라 내장만 따로 모으면 약 1킬로그램 정도 나온다고 한다. 고작 2퍼센트 정도밖에 안 되는 양이다. 더욱이 해삼이 알이라도 품고 있

푸른 바당과 초록의 우영팟

는 경우 더 적게 나온다고 한다. 양이 적기에 귀할 수밖에 없는 것이다. 김원우의 소설『모노가미의 새 얼굴』에는 해삼 내장의 진귀함을 드러내는 구절이 있다.

"해삼창자젓갈은 일본말로는 고노와다라고 한다. 저쪽에서는 대신 大臣의 아들이나 먹을 수 있는 귀한 음식으로 치고, 이쪽에서도 워낙 비싸서 돈 많은 미식가나 큰마음 먹고 사 먹을 수 있는 반찬이다. 그것은 실제로 맛깔스럽기 이를 데 없고, 또 생산량도 워낙 적을 수밖에 없어서 돈이 있어도 제 때 양껏 사 먹을 수도 없다."

———

봄철에 제맛이 나는 홍삼은 날로 먹는 해삼회와 살짝 데쳐 양념하는 해삼토렴으로 많이 먹는다. 해삼을 길이로 칼금을 넣어 내장을 꺼내 가볍게 씻은 다음, 생긴 그대로 동글동글하게 썰어 참기름을 한두 방울 떨어뜨리면 해삼회가 완성된다.

제주에서는 홍삼을 토렴하여 물회로도 많이 먹는다. 홍삼의 겉 부분만 끓는 물에 살짝 데쳐 준비하는데, 이렇게 하면 부드러워져서 한결 씹기 편하기 때문이다. 해삼회를 만들 때처럼 해삼을 둥글게 썰어 준비한 다음, 채 썬 배와 오이, 양파, 상추 등의 채소를 넣는다. 거기에 쪽파, 마늘, 간장, 식초, 설탕, 깨소금을 넣으면 홍삼초회가 완성된다. 여기에 간을 좀더 세게 한 후 차가운 물과 얼음을 넣으면 홍삼 물회가 된다. 제주에서는 해산물로 물회를 만들어 먹을 때 된장을 풀어 넣는 게 일반적이지만 홍해삼으로 물회를 만들 때는 된장을 풀지 않는다.

요즘은 자연산 홍삼을 먹기가 쉽지 않다. 어렵사리 홍삼을 사도 크기가 예전에 비할 바가 아니다. 작다 하여 맛이 없는 것은 아니지만 어린 시절에 먹었던 그 맛에는 못 미친다. 일본에서 맛의 달인으로 불리는 기타오지 로산진은 그의 식도락 인생 70년을 회고할 때 열 살 때 맛본 멧돼지 고기를 최고의 맛이라 말했다. 그가 음식의 '맛'을 처음으로 자각한 것이 그때였다면서 말이다.

누구에게나 최고의 감동을 주는 '최초의 한입'이 있을 것이다. 맛의 기억은 상상 속에서 점점 더 부풀며 닿을 수 없는 신기루처럼 커지기도 한다. 추억이 덧입혀져서 그러하리라. 나에겐 어린 시절 맛본 홍해삼이 최초의 한입이자 미식의 첫 기억이다. 지금은 귀해서 먹을 수도 없는 그 시절의 아련한 맛. 그때의 경험이 지금의 미식 생활을 풍부하게 해주는 것은 아닐까.

푸른 바당과 초록의 우영팟

지상 최고의
고사리를 얻는 방법

제주 고사리

—
삼춘
올핸 얼마나 꺾읍디가?
—

육지 사람들에게 제주의 4월은 어떤 이미지일까? 유채꽃의 노란 물결, 하얗게 흩날리는 벚꽃, 한라산을 가득 수놓은 붉은 철쭉을 떠올릴지 모르겠다. 그런데 제주 사람들에게 4월은 '고사리'로 기억된다.

4월이면 제주에서는 일주일가량 내리 비가 흩뿌린다. 그렇게 짧은 우기가 끝나고 나면 고사리가 손가락 한두 마디씩 쑥쑥 자란다. 고사리를 키우는 이 비를 제주 사람들은 '고사리 장마'라 부른다. 습한 곳에서 잘 자라는 고사리는 4월의 장마를 거쳐야 비로소 고사리 풍년을 맞이한다. 그래서 제주 사람들은 고사리 장마 기간 '이제 고사리가 올라오겠구나' 생각하다가, 비가 그치면 '자, 이제 고사리를 꺾어 볼까!' 하고 채비를 한다.

고사리는 새벽에 주로 고개를 든다. 아침 이슬이 다 마르고 해가 하늘에 걸리면 꼭꼭 숨어 좀처럼 얼굴을 보여주지 않는다. 하여 고사리를 꺾으려면 단단히 무장하고 아침 일찍 집을 나서야 한다. 아침이라도 제주의 볕은 따갑다. 고기능 선크림을 얼굴 전체에 꼼꼼히 바르고, 찔레나무나 산딸기 가시 생채기가 나지 않도록 청바지 같은 단단한 조직의 옷을 입어야 한다. 긴팔 상의, 걷기 편하면서 튼튼한 운동화, 얼굴 가리개(일명 귤 모자), 얇은 장갑, 거기에 '고사리 앞치마'까지 준비하면 일단 복장은 고사리 꺾기 '고수' 수준!

한라산 중산간을 향해 북쪽으로 운전해 가다보면 도로 옆에 줄지어 선 차량 행렬을 볼 수 있다. 고사리를 꺾기 위해 올라온 차들이다. 삼삼오오 짝을 이룬 사람들은 자신만의 '명당'을 향해 재빨리 몸을 옮긴다. 제주에는 "고사리 명당은 딸이나 며느리에게도 알려주지 않

푸른 바당과 초록의 우영팟

는다"라는 말이 있을 정도로, '고사리 고수들'에게는 자신만의 비밀 장소가 있다. 우리 친정에도 선대부터 내려오는 고사리 명당이 있는데 혼자서는 찾아갈 수 없다는 게 맹점이다.

고사리는 겸손한 자세로 절을 하며 나아가는 듯해야 손에 쥘 수 있다. 뻣뻣하게 서서 고개만 까딱 숙이거나, 대충 흘려보면 보이지 않는다. 잘 익은 벼처럼 허리를 숙여 발걸음도 조심, 숨도 조용히 내쉬며 땅을 살펴야 한다. 그러다보면 가시덤불 속에서 빼꼼히 얼굴을 내민 실한 고사리를 발견할 수 있다. 고사리는 대체로 홀로 있지 않는다. 잠시 시선을 돌리면 주변에 또다른 고사리들을 볼 수 있다. 그렇게 쉼 없이 절하며 고사리를 꺾다보면 조금씩 가방이 묵직해진다.

그런데 고사리를 꺾다가 뜻밖의 불청객을 만날 수 있다. 가시덤불의 위력은 너무나 유명해 대체로 준비를 단단히 했겠지만, 의외의 위험이 발밑에 도사리고 있다. 마소의 배설물, 진드기 같은 벌레, 뱀이 바로 그것. 예전에 엄마 따라 고사리 꺾으러 호기롭게 나섰다가 똬리를 튼 뱀을 만나 혼비백산했던 기억이 있다.

길을 잃지 않도록 세심한 주의도 필요하다. 비슷비슷한 숲이 계속 이어지기 때문에 까딱 잘못하다가는 길을 잃을 수 있다. 가족이나 친구와 짝을 이루는 게 좋고, 부득이 혼자 가게 될 경우, 다른 사람들과 보폭을 유지하며 이동하는 게 좋다. 실제로 제주에서는 잊을 만하면 한번씩 고사리를 꺾으러 갔던 사람이 실종되었다가 구조됐다는 뉴스가 종종 들린다.

길을 잘못 들지 않게 조심조심 고사리를 꺾다보면 저 멀리서부터 아우라가 느껴지는 삼춘(남녀를 구분하지 않고 제주에서 친근하게 아저씨나 아주머니를 부르는 말로 '삼촌'이라고도 한다)들의 모습이 보인다. 평생을 고사리만 꺾어온 고사리 꺾기의 달인, 제주 할머니들. 허리춤에는 큼지막한 고사리꺾기용 앞치마를 매달고, 땅에 달라붙듯이 허리를 숙이고 있는데 손놀림이 그렇게 빠를 수가 없다.

삼춘들은 매년 고사리 철에 바짝 고사리를 꺾어 시장에 내다 파는데 용돈벌이가 쏠쏠하단다. 그래서 이 시기 동네 사우나에서는 누가 고사리를 얼마나 꺾었는지가 초미의 관심사가 되기도 한다.

"삼춘, 올핸 얼마나 꺾읍디가?"

"올핸 공친. 감기 걸령 한 이틀 쉬어 부난 집에서 먹을 것밖에 못해서."

"경해수꽈? 삼춘은 몇 근이나 해졈마씨?"

"난 이번에 좀 해졌져. 게메, 한 50근 해신가."

"삼춘 잘도 많이 해수다예~"

과거 제주 사람들의 삶에서도 고사리는 떼려야 뗄 수 없는 존재였다. 제주의 주요 의례에도 빠지지 않고 등장했다. 제사의 시작을 알리는 나물이었으며 명절 상차림에도 반드시 올랐다. 고사리가 듬뿍 들어간 육개장도 자주 끓여 먹었다. 돼지의 등뼈를 푹 곤 육수에 고사리를 넣어 만드는 제주식 고사리육개장은 도민은 물론 육지 사람들에게도 인기가 있다. 제주식 육개장은 육지의 육개장과는 좀 다른데, 거무스름한 색에 국물이 매우 걸쭉하다. 돼지 뼈 육수에 발라낸 돼지고기 살점과 양념한 고사리, 메밀가루 갠 것을 넣어 끓여내는데 진하면서도 담백한 맛이 특징이다.

———

친정엄마의 고사리는 유독 특별했다. 봄이면 엄마는 제주 중산간 고사리 명당을 샅샅이 훑어, 길고 연한 고사리로만 공들여 꺾어왔다. 집에 도착하자마자 꺾어온 고사리를 가득 쌓아놓고 시들기 전에 손질에 들어갔다. 거친 줄기는 솎아내고 부드럽고 긴 대로만 곱게 다듬다보니 한 포대 가득 꺾어와봐야 손질을 마치면 절반 밖에 안 남곤 했다. 그것을 팔팔 끓는 물에서 얼른 데쳐 찬물에 헹궈내고 큰 체에 밭쳐 물기를 제거했다. 이렇게 정성 어린 공정을 거친 고사리가 냉동실에 차곡차곡 쌓여 우리 집 일 년을 책임졌다.

손질한 엄마의 고사리는 어떻게 요리해도 맛있다. 소금과 참기름, 깨소금만 뿌려 나물로 먹어도 맛있고, 탕에 넣어 끓이면 부드럽고 담백하다. 특히 돼지고기와 같이 구워내면 깜짝 놀랄 정도로 맛있다. 돼지기름을 머금은 고사리는 부드러우면서도 식감이 풍부하고, 무척이나 고소하기 때문이다. 엄마의 고사리를 맛본 요리 수업 수강생들이나 주변인들 모두 "격이 다른 고사리"라며 입을 모아 칭찬했다.

친구의 아버지는 엄마의 고사리를 맛보시더니 "어쩌면 이렇게 고사리가 부드럽고 연할 수가 있느냐"면서 감탄을 아끼지 않았다. 어찌나 아껴 드셨던지, 보다 못한 친구가 연락해와 엄마의 고사리를 또

구할 수 있는지 조심스레 묻기까지 했을 정도다. 그런데 다리가 불편해진 엄마는 올해 고사리를 아예 꺾지 못했다. 온 가족이 너무나 좋아하는 고사리를 못 꺾어서 엄마는 애가 달았다.

"작년에 엄마가 보내준 고사리 아끼고, 또 아껴 먹고 이제 딱 한 봉 남았어."

내 말에 엄마는 또 탄식했다.

"내 고사리가 진짜 최곤데! 내년 봄에는 하루 이틀이라도 꼭 짬을 내서 고사리를 꺾어야겠구나."

"엄마, 다리 아파서 안 돼. 고사리 꺾는 게 얼마나 힘든 일인데."

지상 최고의 고사리는 엄마에게서 나온다. 가시덤불을 헤치고 새벽이슬을 맞으며 고사리를 꺾는 것부터 한 가닥 한 가닥 손질하고 삶아 보관하는 일까지 엄마의 손길이 닿아야만 완성된다. 냉동실에 남은 정성 어린 엄마의 고사리가 마음 한편을 뭉근하게 데운다.

푸른 바당과 초록의 우영팟

온 동네가
까맣게 물드는 날

—
고 녀석 참,
이번이 진짜 마지막이다.
옜다, 미역 한 개!
—

아침잠이 많아도 절로 눈이 뜨이는 날이 있다. 어린 시절, 소풍 가는 날과 운동회 날. 이런 날은 엄마가 깨우기 전에 먼저 일어나 거실과 주방을 쏘다닌다. 나보다 더 일찍 일어난 엄마는 내 손에 들려 보낼 김밥 싸기에 여념이 없다. 주방 가득 고소한 냄새가 진동하고 도시락 통 안에 김밥이 옹기종기 자리잡는다. 엄마 옆에 슬며시 쪼그려 앉으니 갓 자른 김밥 한 조각이 내 입으로 쏙 들어온다. 참기름 향이 짙게 밴 엄마의 김밥. 그 한 조각은 세상 어떤 김밥보다 맛있다.

어린 시절의 행복했던 한때를 떠올리면 꼭 그때 먹었던 무언가가 떠오른다. 운동회 날 돗자리를 펴놓고 먹었던 반반 치킨, 입학식 날 먹었던 돈가스, 목욕을 마치고 마시던 바나나우유. 어느새 지나가버린 그때의 아름다운 장면은 당시를 추억하게 하는 '음식'을 통해 오감으로 되살아난다. 아직도 내가 엄마의 '김밥'으로 지나간 소풍 날을 기억한다면, 우리 엄마는 아주 오래전 먹었던 '고망떡(지금의 풀빵)'으로 '미역 허채' 날을 떠올린다 했다.

미역은 제주 사람들에게 중요한 환금작물 가운데 하나였다. 할아버지 때만 해도 제주에서는 말린 식재료가 굉장히 생소했는데, 지천에서 푸른 채소를 구할 수 있었고, 멀리 나갈 것도 없이 우영팟을 곁에 두고 사시사철 싱싱한 채소를 먹을 수 있었기 때문이다. 굳이 재료를 말려가면서까지 먹을 필요가 없었다. 그런데 일제강점기를 전후로 사정이 달라졌다. 일본 사람들은 미역이나 톳, 모자반 같은 해조류나 제주의 산과 밭에서 나는 고사리나 표고버섯을 굉장히 좋아해서 값을 비싸게 쳐줬다. 제주 사람들이 바다에서 해조류를 캐 볕에 말려두면 군산, 목포 등지의 중간 상인들이 이를 구입했다. 저장성이 좋아지니 팔 수 있는 양도 많아졌고, 돈벌이도 쏠쏠해졌다. 그리하여 너도나도 바다에서 미역을 따다 말려 팔기 시작했다고.

지금도 그렇지만 예부터 제주에서는 해산물의 마구잡이 채취를 방지하기 위해 마을 해녀들이 공동으로 어장을 관리하고 감독해왔다. 마을별로 작업할 수 있는 바다 구역을 나누고 서로 간의 권리와 영

푸른 바당과 초록의 우영팟

역, 채취 시기를 정해 마을과 바다의 평화를 유지했다. 미역 역시 전복이나 오분자기, 소라처럼 채취할 수 있는 시기가 정해져 있었다. 미역은 음력 3월 보름이 되면 바닷물이 빠져 사람들이 작업하기 좋은 환경으로 변했다. 이날만은 그동안 금지했던 미역 채취가 허락되었고 제주 사람들은 이를 '미역 허채 날'이라 불렀다.

———

미역 허채 날이 가까워지면 며칠 전부터 온 마을이 들썩거렸다. 부모님들은 미역을 많이 따 돈 벌 생각에 마음이 붕 떠 있었고, 아이들은 허채 날 떨어질 콩고물(?) 생각에 잔뜩 상기돼 있었다. 허채 날에는 직업 해녀가 아니더라도 마을의 어머니 대부분은 테왁(해녀들이 물질할 때 쓰는 둥근 공 모양의 어로 용구)을 메고 바다로 나갔다. "자, 이제 시작!" 어촌계장의 외침에 와, 하는 탄성과 함께 여인들이 일제히 바다에 뛰어들었다.

어머니들이 미역을 캐 뭍으로 올라오면 그후의 일은 아버지들 몫이었다. 아버지들은 물이 줄줄 흐르는 미역을 한 아름 받아 옷을 다 적셔가며 등짐으로 지고 날랐다. 올이 길고 잘생긴 파란 장미역을 바위나 돌에 정성스럽게 널었다. 미역을 여러 장 겹쳐 말리면 마른미역을 더 잘 만들 수 있었다. 그래서 어떤 아버지들은 사람들이 올라가기 어려운 험한 바위 위로 미역을 가지고 올라가 널찍한 곳에 길게 여러 장씩 붙여 말렸다. 미역 허채 날은 곳곳에 널어놓은 미역으로 온 동네가 까맣게 물들어 장관을 이루었다.

아이들에게도 축제나 다름없는 날이었다. 깊은 바다에서 미역을 캐고 어머니들이 육지로 돌아오면 장작더미를 태워 언 몸을 녹였다. 이 불 쬐는 장소를 '불턱'이라 불렀는데 여기서 어머니들의 바닷속 후일담이 이어지곤 했다.

"많이 따젼? 바당이 호꼼 센 것도 같아신디 안에 들어가난 아맹도 안허연."

"게메, 삼춘은 한 망사리 고득. 잘도 많이 캐수다예?"

"어제 꿈에서 문친떡을 먹어서 그랬는지 잘도 따지대. 자 너네들도 이거 먹으라."

어머니 곁에 쪼그려 앉아 있던 아이들은 건네받은 미역귀를 불에 구워먹곤 했다. 진한 바다 내음과 불향을 적절하게 머금은 미역귀는 고소하고 식감이 쫄깃해 아이들 입맛에도 안성맞춤이었다. 그러나 구운 미역귀보다도 아이들을 더 기쁘게 했던 건 따로 있었다. 바로 부드럽고 달콤한 '고망떡'.

'고망'은 제주도 말로 구멍을 뜻한다. 미역 허채 날은 고망떡 장수가 아침부터 바닷가에 나와 장작에 불을 때고 고망떡을 지져댔다. 밀가루 반죽을 틀에 살짝 부어 구우면 달콤한 냄새를 풍기며 금세 완성되었다. 별다른 재료가 안 들어갔는데도 입안에서 살살 녹을 정도로 맛있어서 아이들은 고망떡 먹을 생각에 며칠 전부터 잠을 설쳤다. 미역 허채 날, 기다란 미역 한줄기를 가져가면 고망떡 장수가 떡 두세 개와 바꿔주었다. 그래서 아이들은 자기 어머니가 바다에서 미역을 많이 해오기를 앙가슴에 손을 모으고 간절히 기도했다.

물질에 능한 어머니를 둔 아이들은 어깨에 힘이 들어갔다. 넉넉하게 미역을 해온 어머니가 아이에게 기분 좋게 미역을 여러 개 내주면 아이는 그 미역을 들고 고망떡 장수에게 냉큼 달려갔다. 고물을 내주고 엿 바꿔 먹는 즐거움처럼 미역과 바꿔 먹는 고망떡은 맛있는 데다 물물교환의 즐거움까지 더해져 그 자체가 큰 재미였다. 물론 쾌히 미역을 주는 부모님들만 있었던 건 아니라, 곳곳에서는 작은 실랑이가 벌어지기도 했다.

"아버지, 미역 서너 개만 더 주면 안되맘썸?"

"너 호꼼전에도 두 개 가져강 고망떡 바까먹지 않았냐? 이제 그만 먹으라."

"우식이는 미역 일곱 개나 가져강 바꼉 먹어수다."

"가인 해녀왕집 손지아니냐? 우린 말령 팔 것도 어성 안 된다게."

"아버지 게민 마지막으로 딱 한 개만 더 줍서."

"고 녀석 참, 이번이 진짜 마지막이다! 옛다 미역 한 개!"

마지막 미역 한줄기와 바꿔 먹는 고망떡은 환희의 맛이며 잊지 못할 맛이다. 작은 손에 받쳐든 자그마한 고망떡 두세 개를 행복한 눈으로 바라본다. 그런 아이의 손을 아까부터 부러움 가득한 눈으로 쳐다보는 아이들이 있다. 집에 어른이 안 계셔서 미역 허채에 참가하지 못하는 집 아이들. 애석하게도 이 아이들은 마을잔치와도 같은 이날을 즐기려야 즐길 수가 없다. 그저 손가락을 물고 서서 고망떡 먹는 아이들을 눈으로 좇을 뿐이다. 마음 착한 아이의 눈에 그 모습이 들어왔다. 마지막 고망떡 한 개를 입으로 가져가려다 왠지 마음에 걸려 그 떡을 쥐고 아이에게 간다.

"이거 너 먹어."

"에에? 진짜?"

"그래, 맘 바뀌기 전에 얼른 먹어 불라!"

"우와~ 고마워어!"

고망떡 맛도 못 볼 줄 알았던 아이의 볼이 이내 환하게 밝아지고, 입술이 기쁨에 겨워 어쩔 줄을 모른다. 주위는 이미 어둠이 내리고 있지만 바닷가의 제등과 불턱의 화톳불이 군중의 웅성거림에 흔들리며 반짝거린다. 아이의 볼과 입도 행복감에 빛난다.

미역이 감귤보다 더 돈이 되던 시절, 제주의 어머니들은 호미를 가지고 바다 밑까지 내려가 미역을 캐 올렸다. 그렇게 채취한 미역을 아버지들이 책임을 지고 말렸다. 그렇지 않으면 미역이 금세 상해버리기 때문이었다. 미역은 하루에 다 말릴 수가 없어서 며칠 동안 공을 들여가며 말려야 했다. 비가 온다고 하면 저녁에 미역을 모두 거둬들여 안에 뒀다가 다음날 다시 갯가에 내놔 말렸다.

미역을 잘 말려 손질해두면 육지 미역 장수들이 동네마다 돌아다니며 미역을 사 갔다. 그렇게 미역을 판 돈은 쌀이 되고, 아이들의 옷가지가 되고, 육성회비가 되었다. 지금은 찾아볼 수 없는, 구전으로

푸른 바당과 초록의 우영팟

만 전해오는 풍습이지만 그 모습이 눈에 보이는 듯하다. 척박했던 환경, 바다 밭을 열심히 일궈 밥을 벌고 자식들을 공부시켰던 제주의 부모님들. 온 동네를 미역으로 까맣게 물들이던 미역 허채 날조차 온 정과 지혜로 모두 함께 즐기는 축제의 날로 만들었던 제주 사람들. 그런 조상들의 지혜와 정이, 온 동네가 까맣게 물들던 풍경이 문득 그립다.

소박하고 진하고 따뜻한

너도 좋아하게 될 거야, 언젠간

따신 물에 쉰밥

울고 싶은 날엔

그 시절 우리의 '목동'

귀한 날 귀한 사람에게

음력 유월 스무날엔 꼬꼬댁 꼬꼬

2. 마음이 허기지면

소박하고
진하고 따뜻한

몸국

—
마음에
허기가 들 때면
몸국을 끓인다.
—

"서울을 떠나 고향으로 돌아온 건 석 달 전 겨울이었다."

임순례 감독의 휴식 같은 영화 「리틀 포레스트」의 첫 대사다. 남자 친구와 함께 치른 임용고시에서 홀로 떨어진 혜원(김태리 분)은 고향 집으로 돌아온다. "왜 돌아왔냐" 묻는 친구의 말에 그녀는 이렇게 답한다.

"배고파서, 진짜 배고파서 내려왔어."

친구는 이해할 수 없다는 표정이었지만 나는 그 마음을 알 것 같았다. 그 배고픔은 몸의 허기가 아닌 마음의 허기라는 것을…….

텅 빈 고향집에 도착하자마자 혜원이 가장 먼저 한 건 음식을 만드는 일이었다. 눈밭에서 얼음을 헤쳐 캐온 봄동으로 된장국을 끓이고, 쌀독의 쌀을 박박 그러모아 밥을 지었다. 그 밥과 국을 깨끗이 비우고 "아, 살 거 같다" 하는 혜원에게서 나는 묘한 동질감을 느꼈다.

언론사 공채에 합격해 고향에 돌아온 건 서울로 떠난 지 7년 만이었다. 부모님은 내가 제주로 다시 오자 적적했던 집이 생기로 가득 찬 느낌이라며 뛸 듯이 좋아하셨다. 사회부 신입기자로서의 일 년은 힘들었지만 재미있었고, 무엇보다 일이 적성에 맞았다. 사건사고를 주로 다루다보니 때로 무시무시한 민원에 시달리기도 했지만 그런 일을 상쇄할 만큼 보람 가득한 일이 많았다. 그런데 보도국 생활이 일여 년 지났을 무렵, 나는 고뇌에 빠졌다.

더 큰물에서 놀고 싶다는 생각, 전국을 무대로 취재하고 기사를 쓰고 싶다는 욕구가 가슴속에서 똬리를 틀었다. 아지랑이처럼 희미하게 피어오르던 생각은 곧 선명하게 내 안에 자리잡았다. 일본의 대표적인 지성으로 꼽히는 다치바나 다카시 선생의 말처럼, 인생에서 가장 큰 회한은 자신이 살고 싶은 대로 인생을 살아가지 못할 때 생긴다고 생각했다.

"다시 서울에 올라가서 마지막으로 시험을 쳐보고 싶어."

어렵사리 결심을 꺼내보았지만 부모님의 반대는 거셌다. 나이도 찼고 실패할 게 뻔하기에 후회할 일은 하지 말라는 것이었다. 그러나

내 결심은 확고했다.

"후회할까봐 그래. 그때 한 번만 더 도전해볼 걸 하고 계속 후회할까봐."

서울에 올라온 나는 고시생이 되었다. 절박한 심정으로 시험에 임했다. 편의점 도시락으로 한 끼를 때우고, 도서관 식판 밥으로 또 한 끼를 때웠다. 밥알에 공기라도 들어간 건지 먹어도 먹어도 허기가 졌다. 아무도 만나지 않았고, 고향에도 내려가지 않았다.

나이는 서른에 가까워졌고 합격권에서는 점점 멀어져갔다. 마지막이라 여겼던 언론사 시험에서 떨어진 날, 나는 순순히 결과를 받아들이기로 했다. 나의 실패를. 그때 혜원의 마음이 이랬을까? 단순히 시험에 실패한 느낌이 아니었다. 인생에서 패배한 것 같은 감정이었다.

그후로 줄곧 방에 처박혀 있었다. 허기를 대충 때우며 하루종일 집에서 뒹굴었다. 시간이 지나는 걸 그저 방관했다. 이대로는 안 된다. 이렇게 낙오자처럼 살아서는 안 된다는 사실을 머리로는 알고 있었지만 자꾸만 의욕이 사라져갔다. 문득 '고향에 내려가야겠다'는 생각이 들었다.

———

2년 만이었다. 집은 변한 게 없었지만 내 모습은 많이 변했던 것 같다. 비에 젖은 강아지처럼 초라하고 주눅 든 모습이 바로 나였다. 밥도 먹지 않고 내리 잠만 잤다. 그러다 잠에서 깬 건 우습게도 배가 고파서였다.

부엌에 갔더니 엄마가 곰솥에서 삶아낸 돼지뼈를 건져내고 있었다.

"몸국 끓이려고?"

"응, 날이 많이 추워졌으니까."

달리 할 일도 없었기에 엄마 옆에 앉아 함께 돼지뼈에 붙은 살점을 발라내기 시작했다.

"돼지뼈를 쪼개서 그 사이사이 살과 골까지 깨끗이 발라내야 해."

받아만 먹을 땐 몰랐는데 몸국이 이렇게 손이 많이 가는 음식이었나 싶었다.

"민희야, 요리가 좋은 게 뭔지 아니?"

"글쎄……?"

"공부나 일은 예측하기 어렵잖아. 열심히 했다고 해서 늘 결과가 좋은 것도 아니고…… 근데 요리는 확실해서 좋아. 공들이면 공들인 만큼 맛이 확실히 좋아지거든."

엄마는 몸국에 대한 여러 이야기를 살뜰하게 들려주었다.

"예전엔 몸국이 참 귀했어. 고기 자체가 먹기 힘들던 시절이었으니까. 마을에 잔치가 있어야 겨우 먹을 수 있던 게 몸국이었지. 어느 집에서 잔치를 하게 되면 돼지를 잡고 커다란 가마솥에 몸국을 끓여 마을 사람들에게 대접했거든? 그래서 어느 집이 잔치라고 하면 다들 몸국 한 그릇 얻어먹으려고 그 집 앞에 줄을 서곤 했단다. 배곯던 시절 위안이 되던 음식이 바로 몸국이었지."

나도 기억이 났다. 까마득히 어렸을 때 외가 이웃집에 무슨 행사가

마음이 허기지면

있었는지 추렴한 돼지의 잡뼈를 큰 가마솥에 넣고 푹 고았던 적이 있다. 그 구수한 냄새가 어찌나 멀리 퍼졌는지 어린 마음에도 입안에 침이 고여 할머니를 붙잡고 '나도 저거 먹고 싶다'고 칭얼댔었다.

엄마의 이야기를 듣는 동안 돼지 살점을 발라내는 작업이 마무리됐다. 돼지뼈를 푹 곤 육수를 체에 걸러 냄비에 부었다. 물에 불려둔 모자반을 꺼내 물기를 털어내고 한입 크기로 석석 썰었다. 메밀가루도 미지근한 물에 개었다. 화구에 올려둔 육수가 끓기 시작하자 모자반과 발라낸 돼지고기를 넣었다. 몸국이 보글보글 끓고 재료들이 서로 어우러질 즈음 메밀가루 갠 것을 넣어 걸쭉하게 농도를 맞췄다.

"메밀가루를 적게 넣으면 국물이 묽고, 많이 넣으면 너무 되직해지니까 양을 잘 가늠해서 넣어야 돼."

엄마가 만들어내는 몸국의 농도를 신기하게 쳐다봤다.

하얀 면기에 든 몸국에서 구수한 냄새와 김이 모락모락 피어났다. 숟가락으로 몸국을 떠서 후후 불고 얼른 입안에 넣었다. 뜨끈한 국물이 온몸에 스며들어 마음에도 온기가 도는 듯했다. 이번엔 건더기 위주로 먹어보았다. 고기가 기름지면서도 담백하고 맛에 깊이가 있었다. 자칫 느끼할 수 있는 돼지고기의 맛을 해초인 모자반이 깔끔하게 잡아주었다. 적당히 걸쭉한 국물은 입안에 좋은 여운을 남겼고, 은은하게 풍기는 메밀 향이 계속 식욕을 돋웠다. 국이 절반쯤 남았을 때 밥을 말고 김치 국물을 조금 부었다. 그릇이 바닥을 드러내고 온몸이 뜨듯하게 데워졌을 때 나도 모르게 이 말이 나왔다.

"아~ 살 거 같다."

고향에서 사계절을 보내며 혜원은 계속 기다렸다. 봄에 심은 감자에서 꽃이 피고 열매가 맺길, 아주심기 한 양파가 뿌리내리길, 수제비 반죽이 숙성되길, 곶감이 맛있게 익어가길 그녀는 기다렸다. 기다리고 또 기다리는 동안 마음이 영글고 혜원은 다시 세상 밖으로 나아갈 힘을 얻는다.

나는 다시 서울로 올라갔다. 아무것도 정해진 건 없었지만 어떤 일이든 해보겠다는 자세로 주먹을 불끈 쥐었다. '뭐든 해보자. 나를 필요로 하는 일이 분명 있을 것이다.' 그렇게 주어진 삶에 충실히 나아가다가 우연히 요리라는 새로운 세계에 가닿게 되었다.

"요리는 확실해서 좋다"는 엄마의 말처럼 요리는 수고를 들인 만큼 결과가 나왔고, 나를 배신하지 않아 좋았다. 그렇게 내게 인생 2막을 열어준 '요리 선생'이라는 직업을 사랑하게 되면서 그 직업에 헌신하는 하루하루를 보내고 있다. 추운 계절을 몇 차례 보내고 새롭게 맞은 봄의 기운에 나는 기꺼이 감사하는 삶을 살게 되었다.

지금도 마음에 허기가 들 때면 몸국을 끓인다. 몸국을 먹으며 치열했던 시절의 기억을 떠올린다. 길 잃은 강아지 같던 내 모습, 다시금 살아봐야겠다고 결심하던 내 모습을……. 추운 시절이 있었기에 지금의 몸국이 더 따뜻하고 푸근하게 다가온다.

마음이 허기지면

너도 좋아하게 될 거야,
언젠간

자리젓

–
사람이
할 건 다했고,
이젠 자연이
할 일만 남은 거쥬.
–

"자리젓 하나 포장해주세요."

제주에 내려가면 서울로 올라가기 전 동문시장 '할망 자리젓'에 꼭 들른다. 자리젓이 다 거기서 거기가 아니냐고 할 수도 있겠지만 이 할머니의 자리젓은 특별하다. 색도 곱고 코시롱한(구수한) 맛이 일품이라 자리젓 마니아인 나로서는 결코 포기할 수 없는 맛이다.

언제부터인지 정확히 기억나지 않지만 외가에서든 우리 집에서든 밥상머리 한구석에는 늘 자리젓이 담긴 종지가 소담하게 놓여 있었다. 여름이면 우영팟에서 따온 콩잎이 가득 담긴 소쿠리가 그 종지 옆에 자리했다. 아버지는 큼지막한 손바닥에 콩잎을 서너 장 올려서 밥을 올리고 자리젓을 척 얹어 입에 가져갔다. 기분 좋게 드시는 모습이 보기 좋아 나도 젓가락 끝으로 자리젓을 콕 찍어 먹어보기도 했다.

자리젓은 사 먹는 게 일반적이지만 어릴 적에는 집에서 자리젓을 담그기도 했다. 외가가 있는 남원리는 바닷가 마을이다. 영화 「바닷마을 다이어리」의 배경인 자그마한 어촌 가마쿠라의 풍경을 닮은 곳이다. 남원에 가면 항상 바다냄새가 났다. 큰외삼촌 내외는 감귤농사를 지었지만 바다 역시 삶의 터전이었다. 감귤 철이 끝나면 외숙모는 바다에 나가 직접 해산물을 따기도 했고 제철 생선으로 반찬을 장만하기도 했다.

외가에 갔다가 외삼촌댁에 마실 갔던 어느 날, 외숙모가 큰 항아리에 팔딱팔딱 자맥질하는 자리돔을 대거 넣고 소금을 푹푹 치고 있었다.

"외숙모, 뭐 만들고 계세요?"

"민희 와시냐? 자리젓 만들맨."

숙모는 나를 보며 반갑게 인사하고는 바가지로 소금을 가득 퍼서 항아리 안에 또 부었다. 조금 걱정스러운 마음이 들었다.

"외숙모, 자리에 소금을 너무 많이 넣는 거 아녜요? 계산하고 넣으시는 거 맞죠?"

숙모는 특유의 깔깔거리는 웃음을 한껏 쏟아냈다.

"대충 넣는거추룩 보여도 이게 다 짐작행 넣는 거라. 자리젓은 소금을 잘 넣어사 돼여."

숙모는 자리를 또다시 듬뿍 올리고 그 위로 소금을 한 바가지 쳤다.

"소금 양에 따라서 자리젓이 만들어지는 거예요?"

"그렇쥬. 소금을 너무 많이 넣으민 자리가 바짝 살앙 문제가 되고, 반대로 소금 양이 너무 적으민 자리가 익지 않앙 썩을 수 있으니까 소금 양을 잘 맞춰사 돼."

소금을 충분하게 뒤집어쓴 작달막한 자리돔들이 큼지막한 항아리에 차곡차곡 쌓여갔다. 숙모는 맨 위에 무거운 돌을 올리시더니 비닐로 위를 덮고 항아리 뚜껑을 덮었다.

"다 끝난 거예요?"

"사람이 할 건 다 했고, 이젠 자연이 할 일만 남은 거쥬."

"자연이요? 자연이 일을 한다고요?"

외숙모는 또다시 한껏 웃음을 터뜨렸다.

"사나흘 지나면 자리가 익어가멍 물이 나오기 시작헌다. 젓국물이 충분히 우러나왕 자리들이 국물에 푹 잠겨야 잘 익엉 맛이 좋아져. 이런 일들을 자연이 허는 거쥬."

자연이 만드는 발효음식, 자리젓과의 생생한 대면이었다.

자리는 자리돔의 준말로 제주 근해에서만 잡히는 생선류 가운데 하나다. 5월에서 8월까지가 제철인데 이때 잡히는 자리로 젓갈을 만든다. 자리돔에 소금을 넣고 삭혀 만드는 자리젓은 제주를 대표하는 발효음식이다. 오랜 옛날부터 제주 가정의 밥상에는 늘 자리젓이 한 자리를 차지했다.

　제주의 바다가 자리를 길러내고, 바람과 소금이 숙성시킨 자리젓은 짭조름하면서도 구수한 맛을 낸다. 자리젓은 그냥 먹는 것보다 잘게 썬 청양고추, 고춧가루와 볶은 깨를 넣어 무쳐먹으면 맛이 훨씬 깊어지며 감칠맛이 돈다. 돼지고기와 궁합이 좋고, 살짝 쪄낸 호박잎이나 양배추와도 잘 어울린다. 그 가운데 내가 좋아하는 조합은 여름에 나는 제철 콩잎에 삼겹살구이를 얹고 얇게 썬 마늘과 자리젓을 넣은 쌈. 자기주장이 강한 선명한 맛으로, 이 조합이라면 앉은자리에서 서른 개도 꿀꺽할 수 있다.

　제주 사람이라고 다 자리젓을 좋아하는 것은 아니다. 향이 강한데다 풍미가 세서 호불호가 확실하다. 자리젓의 오묘하고도 깊은 맛에 푹 빠져 있는 사람들도 있지만, "냄새가 고약하고 대체 무슨 맛으로 먹는지 모르겠다"고 하는 사람들도 적지 않다. 우리 가족도 부모님과 나, 남동생은 '호'쪽에 있고 여동생은 '불호'였다가 몇 년 전부터 조금씩 '호'의 영역으로 들어오고 있다.

———

결혼을 하고 오랜 기간 아이를 갖지 못했다. 갖은 고생 끝에 아이를 가졌는데, 임신의 기쁨을 누리기도 전에 입덧이 찾아왔다. 종일 속이 메슥거리고 머리가 빙글빙글 도는 느낌이었다. 먹지도 자지도 못하고, 책조차 읽기 힘들었다. 평소 좋아하던 갓 지은 밥 냄새, 구수한 된

　　　　　　　　　　　　　마음이 허기지면

장국 냄새조차 메스꺼워 입에도 대지 못했다.

먹을 수는 없었지만 매일 뭔가 먹고 싶기는 했다. 가족들은 뭐든 얘기해보라고 했지만 구체적으로 어떤 음식이 떠오르지는 않았다. 종일 입덧에 시달리다 겨우 잠이 들면 이번에는 두 시간 간격으로 '먹덧'이 찾아왔다. 속이 쓰려오면 무엇이든 먹어 위장을 달래야 했다. 그렇게 음식물을 삼키면 잠시 후에는 먹을 것을 소화하지 못하고 전부 게워냈다. 힘들었다. 겪어보지 못한 엄청난 고통이었다.

8주 정도를 거의 굶다시피 지냈다. 그나마 뱃속에 있는 아이들이 잘 자라고 있다는 사실이 큰 위안이었다. 그러던 어느 날, 아침에 일어났는데 먹고 싶은 음식들이 구체적인 단어로 떠올랐다. 소고기미역국, 옥돔구이, 그리고 자리젓. 너무 신기해서 엄마에게 전화를 걸어 이야기했다. 이튿날 제주에서 보낸 택배상자가 도착했다.

스티로폼 상자의 뚜껑을 열자마자 코시롱한 냄새가 코에 훅 끼쳤다. 삼중 사중으로 밀봉된 통을 열어보니 불그스름한 적갈색의 자리젓이 보였다. 동문시장 할망 자리젓이 틀림없었다. 엄마는 여린 콩잎도 두 봉지나 보내셨다. 갑자기 힘이 나기 시작했다.

쌀을 척척 씻어서 밥을 안치고 그 사이 흐르는 물에 콩잎을 흔들어 씻었다. 냉장고 귀퉁이에서 발견한 마늘 두 톨과 윗동이 말라버린 청양고추 한 개를 다듬고 칼로 뻐져 자리젓을 무쳤다. 콩잎 두세 장을 한번에 말아쥐고 김이 모락모락 나는 쌀밥 한 숟가락, 자리젓의 살점을 얹어 쌈을 쌌다. 자리젓쌈을 볼이 미어지게 넣고 씹으니 울렁거리던 속이 마침내 가라앉았다. 나는 밥통을 끼고 그동안 못 먹은 음식들에게 한풀이라도 하듯 와구와구 먹어치웠다.

자리젓을 좋아하긴 했으나 가장 좋아하는 음식 서열에 드는 건 아니었다. 그 자리젓을 임신하고 처음 떠올린 이유는 지금 생각해도 알 길이 없다. 자리젓 맛도 보지 못한 뱃속의 쌍둥이가 원했을 리도 만무하고, 조상대부터 먹어온 음식이라 유전자에 깊이 박힌 것은 아닌지 짐작만 할 뿐이다.

지금도 자리젓을 즐긴다. 내 식성을 잘 아는 엄마는 택배상자 한 귀퉁이에 겹겹이 포장한 동문시장 자리젓을 같이 넣어 보내주신다. 자리젓은 냄새가 꽤나 강하기 때문에 하루를 마감하는 저녁상에 올린다. 그때는 꼭 제주식으로 소박한 밥상을 차린다. 차조밥과 된장국, 김치, 자리젓, 각재기구이 혹은 삼겹살구이. 그 곁에는 어느덧 다섯 살이 된 쌍둥이가 자리잡는다.

"으, 엄마 이게 무슨 냄새에요?"

자리젓의 퀴퀴한 냄새에 쌍둥이가 인상을 찌푸리며 코를 틀어막는다. 그 모습이 귀여워 한참을 바라보다가 웃으며 대답한다.

"엄마의 엄마, 할머니의 할머니 시절부터 먹어온 자리젓인데, 먹어 볼래?"

마음이 허기지면

아이가 몸을 비틀며 고개를 도리도리 젓는다. 그 모습을 보며 생각한다.

'너도 좋아하게 될 거야. 언젠간.'

따신 물에
쉰밥

쉰다리

—
시원하고 달콤한,
오묘한 맛에 이끌려
어느새 한 잔을
다 비우고 말았다.
—

열이면 열, 밥은 갓 지은 게 제일 맛있다고 할 것이다. 그래서 먹다
남은 밥이나 찬밥은 영 대접을 못 받는다. 오죽하면 '찬밥 취급을 받
는다' '찬밥 신세다'라는 말까지 있을까. 내가 찬밥이라면 억울하고
자존심이 상할 지경이다. "쳇, 내가 어때서!" 찬밥은 살려야만 하고
변신해야만 하는 존재다. 대중매체에서는 '찬밥의 대변신'이라는 제
목 아래 찬밥전, 찬밥버거, 찬밥볶음밥, 찬밥리소토, 찬밥아란치니
등 각양각색의 레시피를 소개한다. 그리고 제주에는 아주 오래전부

마음이 허기지면

터 '찬밥'이 있어야만 만들 수 있는 음료가 있다.

과거 농사를 짓는 제주 사람들은 점심식사를 주로 밭에서 했다. 부모님 이야기를 들어보면 곤밥(쌀밥)은 부자들이나 먹었고, 일반 서민들은 보리나 차조가 대부분인 밥을 먹었다. 1970년대 안남미(동남아시아에서 주로 먹는 쌀로 한국 쌀에 비해 찰기가 없다)가 들어오면서 쌀밥을 먹는 가정들이 점차 늘게 되었지만 그럼에도 쌀과 보리를 반반 섞은 반지기밥이 일반적이었다. 밭일 나가며 챙기는 도시락도 보리밥에 삶은 배추나 찐 호박잎, 된장과 물 한 주전자를 가져가는 게 전부였다.

제주 어머니들은 새벽에 밥을 지으며 저녁에 먹을 밥까지 가득 해놓고 일을 나갔다. 밭일을 마치고 돌아와 불을 새로 때 밥을 지으려면 시간이 오래 걸렸기 때문이다. 밥을 넉넉히 해놓다보니 식은 밥이 생기는 일이 곧잘 있었다. 추울 때야 아무래도 상관없지만 더운 여름에는 아침에 해놓은 보리밥이 저녁만 돼도 쉬곤 했다. 먹을거리가 귀하던 시절, 아낙들은 부엌에 들어서기 무섭게 밥에 코부터 박아 냄새를 맡았다. 쿰쿰한 쉰내가 나면, "아이고 이 족헌 거(아까운 걸) 어떵헐 거니?"라며 아쉬워했다.

시작은 어떤 알뜰하고 지혜로운 아낙이었을 것이다. 쉰 보리밥을 살리려고 물에 빡빡 씻은 후 술을 만들 때 넣는 딱딱한 누룩을 잘 쪼개 넣고 물을 부어봤더니 잠시 후 밥물에서 부글부글 기포가 올라왔다. 조금 떠서 맛봤더니 시큼한 게 발효된 음료 맛이 났다. 제주의 전통 발효음료 '쉰다리'는 그렇게 세상에 나온 게 아닐까.

쉰다리는 제주에서 보리밥이나 조밥이 약간 쉬기 시작할 때 누룩을 넣어 발효시킨 저알코올 곡류 음료를 말한다. 여름에 식은 밥이 많이 남으면 보리를 틔워 만든 누룩을 넣고 쉰다리를 자주 만들어 먹었다. 설탕 같은 당류를 조금 섞고 얼음을 동동 띄우면 달달하니 더위를 앗아가 여름철 최고 별미로 각광 받았다.

쉰다리는 밥을 발효해서 만들기 때문에 알코올기가 약간 있다. 밭일을 나갈 때 육지 사람들이 막걸리를 챙겨가듯, 제주 사람들은 쉰다리를 챙겨갔다. 과수원에서 검질(김)맬 때, 당근이나 감자를 캘 때, 보리 훑을 때 쉰다리는 일꾼들에게 불끈 힘을 주는 '피로회복제'였다. 일하다 잠시 숨 돌릴 겸 시원하고 달콤한 쉰다리 한 사발을 들이켜면 힘도 솟고, 배도 어느 정도 채울 수 있어 좋았다.

———

엄마는 쉰다리를 생각하면, 외삼촌이 가장 먼저 떠오른다고 했다. 외삼촌은 외할머니가 늦은 나이에 얻은 귀여운 아들이었다. 식구들의 사랑을 독차지하던 막내아들이 쉰다리를 좋아하니 할머니는 자주 찬밥을 만들었다. 과수원 농사로 바쁜 와중에도 쉰다리를 만들려고 새벽에 보리밥을 양껏 지어 일부러 쉬게 됐다. 쉰 보리밥을 찬물에 주물럭거려 씻은 후 단정하게 매만진 누룩을 밥에 박아두었다. 밥이 뭉글뭉글 형태를 알아볼 수 없을 정도가 되었을 때가 바로 쉰다리가 다 됐다는 신호다.

마음이 허기지면

"다 만들어진 쉰다리에 설탕을 한두 숟가락 타서 먹으면 그렇게 맛있을 수가 없었어."

엄마에게 여러 번 쉰다리에 대해 들었지만 시큼하면서 달달한 그 맛이 잘 떠오르지 않았다. 막걸리도 아니고, 요구르트도 아닌 쉰다리의 정체는 과연 무엇일까? 만드는 방법이 그리 복잡하지 않으니 어렵지 않게 만들 수 있을 것 같았다. 그래서 전통 방식으로 쉰다리를 만들어보기로 했다.

아직 무더운 9월의 주말, 멥쌀에 보리쌀을 반반 섞어 밥을 넉넉하게 지어 쉬게 뒀다. 살짝 쉰내가 나기 시작한 보리밥에 가루 형태의 시판 누룩을 넣고 섞었다. 과거에는 쉰다리를 만들 때 직접 만든 누룩을 띄웠다고 하나 요즘은 인터넷 클릭 한 번만으로 다음날 새벽에 바로 누룩을 받아볼 수 있을 만큼 편해졌다. 쉰다리를 발효할 때 냉수를 사용해도 되지만 맨도롱한(미지근한) 물을 부으면 더 빨리 발효된다. 미지근한 물을 잘박잘박하게 붓고 빛을 차단하기 위해 두꺼운 헝겊도 덮어뒀다. 더운 여름에는 하루 이틀이면 발효가 되고, 추운 겨울에는 사나흘 정도 걸린다니 이틀 후쯤 열어보기로 했다.

이튿날 헝겊을 빼꼼히 올려 동태를 살폈더니 아직은 이렇다 할 변화가 없었다. 나는 갓 태어난 아기를 돌보듯 통 안을 들여다보며 보리밥의 변화를 훑었지만 아무런 움직임도 보이지 않았다. "요리가 희한한 건 영원히 안 익을 것 같다가도 1분 만에 결과물이 나온다"는 영화 「아메리칸 셰프」의 실제 모델 로이 최의 말처럼 사흘 후 저녁,

영원히 안 변할 것 같던 보리밥에서 보글보글 기포가 터지기 시작했다. 밥알이 뭉글해지면서 작은 공기 방울들이 톡톡톡톡 소리를 냈다. 발효된 쉰다리를 고운 체에 밭치고 손으로 주물럭거려 진액만 걸러냈다. 설탕을 두어 숟가락 넣은 후 냉장고에 두고 내일을 기약했다.

다음날, 쉰다리의 맛이 궁금해 일찌감치 일어났다. 살구색의 걸쭉한 액체를 유리잔에 따랐다. 두근대는 마음으로 쉰다리를 마셔봤다. 걸쭉하게 목을 통과하는 맛이 시큼하긴 한데 이상하게 뒷맛은 깔끔하고 속이 확 뚫리는 듯한 청량감이 일었다. 막걸리, 식혜, 요구르트와 분명 비슷하지만 결이 다른 맛이었다. 희한한 건 처음 먹었을 때보다 한 모금, 두 모금 횟수를 늘려갈수록 맛이 더욱 선명하게 다가왔다. 시원하고 달콤한 오묘한 맛에 이끌려 어느새 한 잔을 다 비우고 말았다.

"엄마 뭐 먹어요?"

쌍둥이 두 딸이 눈을 비비며 차례로 방에서 나왔다. 한창 호기심이 왕성할 때다. 아이들에게 유리병에 담긴 쉰다리를 찰랑찰랑 흔들어 보였다.

"엄마 그거 뭐예요? 요구르트?"

"이거? 쉰다리야."

"쉬다이? 그게 뭐예요?"

"엄마가 밥으로 만든 달콤한 음료순데 한번 먹어볼래?"

"네~~!"

마음이 허기지면

쌍둥이가 두 손으로 유리잔을 꽉 쥐더니, "이게 뭐지? 이상한 냄새가 나네?" 방글방글 웃으며 입에 가져갔다. 아이들의 반응이 궁금했다.

"이게 뭐야? 맛이 셔."

"나는 맛있는 거 같은데?"

"나는 맛없어."

한 명은 맛없다, 한 명은 맛있다 하며 아옹다옹했다. 서로의 얼굴을 쳐다보더니 입가에 주스가 묻었다면서 까르르 웃음을 터트렸다. 그 모습에 나도 웃음이 났다. 아이들이 남기고 간 쉰다리를 다시 마셔봤다. 이번엔 왠지 맛이 아련하게 느껴졌다. 외삼촌도, 엄마도, 외할머니도 다 즐겨 먹었다는 그 맛. 그 맛이 대를 건너 우리 쌍둥이에게까지 이어진다 생각하니 뭉클해졌다. 다음에는 보리밥을 좀더 삭히고 누룩을 촘촘하게 잘 섞어서 발효시켜봐야지. 나의 두번째 쉰다리의 맛이 벌써부터 궁금해진다.

울고 싶은 날엔

닭엿

–
치아 사이로
진득한 엿이
달콤하게 오가는 중에
부드러운 닭고기가
계속 섞였다.
–

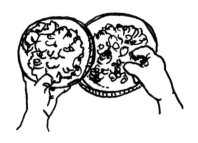

올겨울은 일찍부터 바람이 매섭다. 차가워진 공기가 마음까지 스미
는지 괜히 헛헛하고 쓸쓸해진다. 마음이 허전할 때면 따뜻했던 시절
의 맛이 그리워진다. 감정의 허기를 채워주는 음식. 어떤 음식은 혀
가 아닌 머리나 가슴에서 맛이 느껴지는 법이니까.

　중학교 1학년 때였다. 당시 나는 교우관계에 문제가 생겨 마음을
심하게 앓았다. 같은 반 가장 친한 친구였는데, 오해에서 비롯된 언
쟁이 서로 힘껏 상처 주는 대화로 이어졌고 결국 절교하는 상황에 이

마음이 허기지면

르렀다. 친구라는 존재가 세상의 전부이던 때였다. 둘도 없이 친했던 친구와 하루아침에 물과 기름 같은 관계가 되니 마음이 몹시 괴로웠다. 삶의 기력을 상실했다고 해야 하나, 슬프고 허전하고 허무했다. 학교 가는 게 고역처럼 느껴졌고, 공부에도 흥미를 잃어갔다. 집에서도 동생들과 사소한 일로 시비가 붙고 괜스레 엄마와도 부딪히기 일쑤였다.

어느 토요일, 4교시 수업이 끝나자마자 몸을 바삐 움직였다. 시외버스터미널에서 남조로행 승차권을 끊었다. 한 시간여를 달려 내렸더니 익숙한 풍경이 눈에 들어왔다. 경운기 소리도 들리고 옆구리에 꾸러미를 끼고 바삐 움직이는 할머니들도 보였다. 근처 슈퍼마켓에서 훼미리주스 한 병을 사 들고 걸음을 재촉했다.

현관문을 열었더니 달달한 냄새가 훅 풍겼다. 주스를 내려놓고 주방으로 쏜살같이 달려갔다. 할머니가 가스레인지 불꽃에 집중하며 주걱으로 큰 냄비 속을 천천히 젓고 있었다.

"민희냐?"

"네. 할머니, 근데 저인지 어떻게 아셨어요?"

"좀 아까 엄마한테 전화 받았다. 어쩌면 네가 올지 모른다고."

할머니 말에는 대꾸도 안 하고 발꿈치를 들고 냄비 안을 들여다보았다. 황갈색의 액체가 보글보글 작은 소리를 내며 끓고 있었다.

"할머니, 이게 뭐예요?"

"이거? 닭엿이지!"

"……!"

나는 동그래진 눈으로 할머니를 쳐다봤다.

"삼계탕 만드는 그 닭이요?"

"그래. 엿에 닭고기 넣엉 만드는 건디 몸에도 좋고 맛이 아주 좋아."

엿을 집에서 만드는 것도 신기한데 그 엿 속에 닭고기가 들어간다니…… 나는 흥분했다.

"닭고기를 넣은 엿이라고요? 맛이 이상할 거 같은데……."

"이상할 거 같지? 근데 촘말로 맛 좋은다. 제주에서 오래전부터 아주 귀하게 만들엉 먹었던 거라. 촘, 어멍신디(참, 엄마에게) 여기 와 있댄 전화허라."

"싫어요, 할머니가 전화해요!"

괜히 할머니에게 심통을 부리고 건넛방으로 갔다. 방 저편에서 할머니가 엄마와 통화하는 소리가 들렸다. 가방 속에서 만화책을 꺼내 보다가 그것도 곧 싫증이 나서 밖에 나왔다.

"할아버지는 어디 갔어요?"

"하르방은 모임 이성 나가신디 아마 밤 늦게나 들어올거여."

"나 바다에 갔다올게요."

"너무 오래 있지 말앙. 해 지기 전에 들어오라~이. 조심허고이."

까만 현무암을 통통통 건너 방파제에 이르렀다. 둑에 걸터 앉았는데 햇볕을 받아선지 따뜻했다. 눈앞 넓은 바다에 시선을 두었다. 파도가 조용히 일렁이고 있었다.

마음이 허기지면

'친구 하나 잃었을 뿐인데 왜 이렇게 괴로운 걸까? 먼저 말을 걸어볼까? 아냐, 진짜 친구라면 그런 얘기 들었을 때 내게 먼저 와 물어야지. 혼자 지레짐작하곤 마음 다 닫고…… 그게 뭐야.'

눈물이 뺨을 타고 흘러내렸다. 손등으로 눈물을 훔쳤지만 한번 흐른 눈물은 좀처럼 멈추질 않았다. 그렇게 중학생의 나는 세상의 온갖 고뇌를 짊어진 모습으로 고개를 파묻었다. 그러다 문득 닭엿 생각이 나서 집으로 향했다.

여전히 등을 보인 채 가스레인지 앞에 서 있던 할머니가 나를 향해 다정하게 말을 붙였다.

"잘 다녀와시냐? 바당은 세진 않고?"

"바람이 별로 안 불어서 잔잔하더라고요. 파도만 멍하니 바라보니 한결 기분이 좋네요. 닭엿은 아직이에요?"

"다 됐져. 이제 그만 졸여도 되키여."

까치발로 냄비 안을 다시 들여다봤더니 조금 전에 비해 색과 농도가 더 진해졌다. 할머니가 기다란 국자로 조심조심 닭엿을 떠서 그릇에 담아주셨다. 달콤한 향과 함께 뜨거운 김이 모락모락 났다.

"뜨거웡 입천장 델 수 있으니 식형 먹으라."

한참을 후후 불고 혀끝으로 온도를 확인한 후 닭엿을 맛보았다. 닭엿을 맛본 첫 소감은 '달달하고 부드럽고 따뜻하다'는 것. 치아 사이로 진득한 엿이 달콤하게 오가는데 부드러운 닭고기가 계속 씹혔다. 다디단 엿과 살코기의 조화가 최고였다. 분명 맛있는 디저트인데 먹을수록 배가 든든하게 차올랐다.

———

지금은 밥상에 고기반찬이 오르는 일이 지극히 자연스럽지만 과거 제주에서는 고기 먹기가 참 어려웠다. 소는 본래 식용이기보다는 농사짓고 이동하는 수단이었고, 돼지도 집집이 길렀지만 역시 특별한 날에나 조금 맛볼 수 있었다. 그나마 익숙한 것이 닭이었다. 고기가 귀한 제주에서 닭은 더없이 중요한 단백질원이었다.

닭은 별다른 모이도 필요하지 않아 키우기도 좋았다. 여름철에는 집에서 기른 닭을 삶아 먹으며 단백질을 보충했고 겨울철에는 보양을 위해 닭엿을 고아 먹었다. 양질의 단백질로 원기를 회복하고자 어머니는 자식을 위해, 할머니는 손주들을 생각하며 정성을 다해 닭엿을 만든 것이다.

외할머니의 닭엿은 어린 마음에도 '손이 굉장히 많이 들어간 음식'이라는 인상이었다. 한 숟가락, 한 숟가락 맛볼수록 할머니의 따뜻한 정성이 느껴졌다. 친구 문제가 도화선이 되긴 했지만 중학교에 입학하며 사춘기가 시작된 나는 감정적으로 많이 힘들었다. 이유도 없이 모두에게 화가 나 있었다. '이러지 말아야지', 하면서도 좀처럼 제어가 되지 않았다. 내색은 하지 않으셨지만 할머니는 그 시기의 내 감정을 알고 계셨을지도 모른다. 할머니가 그런 나를 먹이려고 닭을 삶아 곱게 살을 바르고, 엿기름을 짜고, 팔이 빠져라 닭엿을 저어가며 고았다고 생각하니 가슴이 시렸다.

닭엿이 더이상 목구멍으로 넘어가지 않았다. 닭엿이 담긴 그릇 위로 눈물이 뚝 떨어졌다. 흘러내리는 눈물을 감추려는 기색도 없이 나는 꺽꺽대며 울기 시작했다. 할머니는 당신의 주름진 손바닥으로 내 얼굴을 쓸어준 후 두 어깨를 꼭 끌어안았다.

"울고 싶을 땐 울어사주. 참지 말고 울어. 다 지나갈 거여. 분명 다 지나간다."

고개를 들어 할머니를 바라보니 당신의 두 눈가가 촉촉이 젖어 있었다.

그로부터 20년도 더 지났다. 불혹에 가까워진 내가 그 시절 할머니처럼 엿을 곤다. 고두밥을 짓고 물에 불려둔 엿기름을 짠다. 발효된 밥을 삼베로 꾹 짜서 진액만 걸러낸다. 들통에 붓고 화구에 얹는다. 불 앞에 서서 기다란 주걱으로 보글보글 끓고 있는 조청을 조심스레 젓는다.

조청을 만들 때면 열네 살 사춘기 소녀를 따뜻하게 품어줬던 닭엿이 생각난다. 엿의 땀(농도)을 잡는 일은 경험이 좌우하지만, 숙련도와 상관없이 닭엿은 시간과 정성이 반드시 들어가야만 얻을 수 있다.

열네 살의 소녀나 불혹의 어른이나 울고 싶을 때가 분명 있다. 나이가 들었다 하여 마

음마저 굳는 것은 아니다. 이 나이는 이 나이대로 괜히 무릎을 끌어안
고 울고 싶은 날이 있다. 그런 날에는 무조건 내 편이었던 할머니가
떠오른다.

마음이 허기지면

그 시절
우리의 '목동'

등심돈가스

—
큼지막한 돈가스와
농도 짙은 소스,
양배추샐러드 옆
방울토마토 세 알의 추억.
—

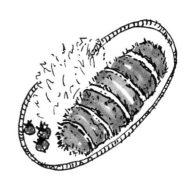

꼬맹이들이 이른 시각 잠자리에 들면 내게는 '덤' 같은 자유시간이 생긴다. 그 시간에 평소 보고 싶던 책이나 영화를 본다. 넷플릭스 오리지널 시리즈를 쭉 훑고 있는데, 구스미 마사유키 원작의 「방랑의 미식가」가 보였다. 구스미의 팬인 나로서는 가히 엉덩이가 들썩일 만한 소식이었다. 그 가운데 「마음을 위한 크로켓」 에피소드에 유달리 마음이 갔다.

35년간 일하고 60세에 은퇴해 자유인이 된 가스미 다케시는 "낮에 마시는 술만큼 맛있는 건 없지!"라며 한낮의 맥주를 즐기고, 추억이 깃든 감자크로켓을 맛있게 먹는다. 어느 날은 집 안을 청소하다가 학창시절 즐겨 다니던 경양식집 전경 사진을 발견한다. 하숙집 근처에 있어 자주 가던 '가루이자와'가 바로 그곳. 주인과 부인 둘이서 꾸려가는 작은 가게에서 그는 늘 하야시라이스를 주문했다. 가스미는 눈을 감고 조용히 되뇐다.

"그 가게의 하야시라이스가 먹고 싶네."

가스미는 그 길로 가루이자와를 찾아나선다. 그러나 30여 년이라는 묵직한 세월은 많은 것을 변화시켰다. 가게가 있던 자리에는 다른 상점이 들어와 있었다. 가스미의 망연한 표정을 보고 있자니 사라진 가게 앞에서 어깨를 축 늘어뜨리고 서 있던 열일곱 살의 내 모습이 떠올랐다.

———

제주시 칠성로는 서울의 명동 같은 곳이다. 오래된 소규모 가게들이 끝없이 이어지는 칠성로는 수많은 점포가 자리잡고 있다. 특히, 지상에서 지하상가로 이어지는 길쭉한 길에는 브랜드 상품은 물론이고 보세 옷, 신발, 액세서리, 서적, 문구, 패스트푸드 등 없는 게 없다. 제주 패션 1번가답게 언제나 사람으로 북적거리고 그 시기에 유행하는 아이템들이 반짝이는 곳이면서 곳곳에는 구도심의 운치도 짙게 묻어 있다.

마음이 허기지면

그 칠성로의 번화가에서 좀 벗어난 상점가 어귀에 '목동'이라는 경
양식집이 있었다. 나지막한 벽돌 건물 1층에 위치한 자그마한 가게
는 조용하고 아늑했다. 가게 입구 마룻바닥에 깔린 페르시아 양탄자
같은 모양의 매트는 연식이 느껴졌지만 정갈했고, 테이블과 의자에
서는 세월을 입은 원목 냄새가 풍겼다. 살짝 보이는 주방에는 오랜
시간 길들인 부엌용품들이 반짝이는 모습으로 늘 반듯하게 걸려 있
었다.

가게 안에는 오래된 턴테이블이 자리했고 특유의 지지직거리는 소
리와 함께 올드팝이나 클래식 선율이 흘러나오곤 했다. 어느 작곡가
의 어떤 곡인지는 알 수 없었지만 듣기에 마냥 좋은 소리였다. 중저
음의 첼로가 가게 안을 가득 채울 때면 첼로의 그윽함이 이곳의 분위
기와 잘 어울린다고 생각했다.

생일, 어린이날, 성탄절, 입학식,
졸업식. 삶의 굵직굵직한 순간마다
우리 가족은 그곳을 찾았다. 식당
문을 열고 들어가 자리를 잡으면
주인아저씨가 김이 뭉게뭉게 오르
는 뜨거운 보리차를 잔에 따라주었
다. 두 손으로 찻잔을 감아쥐고 호
호 불어가며 차를 마실 때면 왠지
어른이 된 듯이 으쓱한 기분이 들

었다.

엄마는 우리에게 등심돈가스를 시켜주었다. 다른 경양식집에 비해 가격이 조금 비싼 편이었지만, 고기는 두툼했고, 튀김옷은 다 먹을 때까지 바삭거렸다. 달지도, 짜지도 않은 소스는 우리 삼남매에게 언제나 후한 점수를 받았다.

주방에서 돈가스가 튀겨지는 사이 옥수수수프가 먼저 나왔다. 뜨거운 김이 폴폴 나는 수프에 후추를 톡톡 뿌려 숟가락으로 젓고 식을 새라 얼른 한입 먹었다. 옥수수의 구수한 단맛이 살아 있는 정겨운 수프를 먹으니 절로 눈이 감기며 '행복'이라는 감정이 떠올랐다. 달그락거리는 소리와 함께 수프 접시가 바닥을 보일 때즈음, 그날의 주인공이 모습을 드러냈다.

넓적한 접시에 큼지막하게 자리잡은 고기와 흥건하게 뿌려진 소스의 궁합이 환상인 등심돈가스. 갓 튀긴 돈가스에서 풍기는 고소한 기름 냄새에 먹기 전부터 입안 가득 침이 고였다. 엄마가 동생들의 돈가스를 차례로 잘라주는 동안 나는 내 몫의 돈가스를 나이프로 자르기 시작했다. 한입 크기로 자른 돈가스를 입에 가져가니 따뜻한 소스가 돈가스를 촉촉하게 적셨음에도 '바삭' 하는 경쾌한 소리가 났다. 돼지비계의 고소함과 살코기의 담백한 맛이 소스와 어우러져 정말 맛있었다. 동생들은 포크를 열심히 놀려 고기 조각을 입으로 가져갔고, 엄마의 흐뭇한 시선이 우리를 뒤따랐다.

여름이면 십수 년은 된 듯한 한일선풍기가 달달 돌아가고, 겨울에는 그 선풍기보다 더 나이를 먹은 철제 난로가 안을 덥히는 곳. 바늘이 소리골을 따라 천천히 움직이며 LP를 재생하고, 가끔 들리는 잡음마저 오히려 여백처럼 편안했던 곳. 돈가스도 좋았지만 그런 아날로그의 멋과 여유로움이 정겨워서 나는 그곳을 오랫동안 좋아했는지도 모르겠다.

고등학교에 입학한 날에도 교복 차림으로 가족들과 목동으로 달려갔다. 그런데 웬걸 두 눈을 의심했다. 목동이 있던 자리에 다른 상점이 들어와 있었다. 순간 가게를 잘못 찾아왔나 싶었다. 하지만 다시 확인해봐도 그곳은 목동이 있던 자리가 틀림없었다. 사라진 목동의 행방을 수소문해봤지만 아는 사람이 없었다. 언제까지고 그 자리에서 나를 반갑게 맞아줄 것이라 생각했던 식당이 이렇게 허무하게 없어질 줄이야…… 유년의 추억이 송두리째 사라진 듯한 느낌이었다.

그 시절의 나에 비하면 가스미 다케시는 상황이 훨씬 좋았다. 가루이자와가 다른 곳으로 이전했다는 소식을 천만다행으로 듣게 된 것. '역' 이름 하나만을 단서로 쥐고 가스미는 무작정 가루이자와를 찾아나선다. 역 근처 사람에게 묻고, 길을 따라 돌고 돌고 또 돈다. 마침내 그 가게를 발견하는 순간에는 나조차 환호가 터져나왔다.

세월만 흘렀을 뿐 주인도 같고 은은하고 정겨운 분위기도 그대로였다. 메뉴에 당당히 자리잡은 하야시라이스를 가스미는 반가운 마음으로 주문한다. 하야시를 한입 떠먹자마자 가스미는 소리친다.

"이 맛이야! 건더기는 소고기와 큼직하게 썬 양파만 있고 색깔과

향은 그 시절과 바뀐 게 하나도 없어!"

　유년 시절의 추억이 짙게 밴 목동은 지금도 내 가슴속에서 문을 연다. 눈을 감으면 선명하게 떠오른다. 가게가 있던 골목, 가게 안에서 풍기던 냄새, 큼지막한 돈가스와 농도 짙은 소스, 양배추샐러드 옆 방울토마토 세 알까지도……. '가루이자와'처럼 제주도 어느 구석에 '목동'이 있다면 얼마나 좋을까? 나이 든 엄마와 이제 부모가 된 동생을 데리고 그 시절의 돈가스를 베어 문다면 얼마나 행복할까?

　어렸을 적 추억이 깃든 식당을 성인이 되어 갈 수 있다는 것은 크나큰 행운이다. 소위 핫플레이스라는 식당들도 일 년을 못 버티고 문 닫는 요즘, 대를 이어 운영하는 노포老鋪를 찾기란 쉬운 일이 아니다. 노포만큼 나이 든 손님이 손자를 데리고 와서 그 시절의 맛을 만끽하는 일, 그 행복감에는 맛도 맛이지만, 공유할 추억이 묻어 있기에 더 그렇게 느껴지는 게 아닐까? 쌓인 세월만큼 먹는 사람의 미각도 과거와는 조금 달라지고, 식당도 세월이 흐르는 과정에서 미묘하게나마 맛이 변할 수 있겠지만 그것을 메워주는 건 결국 추억의 힘이다.

　　　　　　　　　　　　　　　　　　마음이 허기지면

귀한 날
귀한 사람에게

옥돔국

—
무를 도톰하게
채로 썰어 넣거나,
물미역을 넣고
부드럽게 끓인
'베지근'한 옥돔국.
—

창감독이 쓰고 그린 영화 「계춘할망」에서 공감 가는 장면을 보았다. 잃어버린 손녀를 12년 만에 기적적으로 찾기 전까지 해녀 계춘(윤여정 분)은 "이번 생에는 영 못 보고 가는 거 아닌가 모르켜"라며 재회의 희망도 삶도 거의 포기하다시피 했다. 꿈인가 생시인가 손녀 혜지(김고은 분)를 찾은 날 저녁, 할망은 동네 사람들을 초대해 잔칫상을 차린다. 그때 동네의 이웃 아저씨가 혜지에게 이렇게 말한다.

"할망이 너 왔다고 옥돔 구웜져."

제주 사람들에게 옥돔은 그런 생선이다. 소중한 사람에게 내어주는 귀하디귀한 생선. 과거에는 옥돔을 말려서 한양까지 진상했다. 진귀한 생선이니 더 많이 올려 보내라 재촉도 거세고, 중간에 가로채는 탐관오리도 많았을 것이다. 그 양과 시기를 맞추려고 제주의 민초들이 얼마나 갖은 고생을 했을까? 거센 바닷바람을 뚫고 어부가 힘들게 옥돔을 낚아오면 아낙들이 생선의 배를 가르고 소금으로 절여 말렸을 것이다. 짠 기가 섞인 해풍이 옥돔의 수분을 앗아가며 풍미를 입혀야 비로소 완성되는 옥돔의 맛. 삼삼하게 간이 밴 건옥돔의 배쪽으로 참기름을 발라 석쇠에 구워먹는 맛은 변치 않는 제주의 맛이자 황제의 맛이다.

　과거 제주에는 옥돔이 많이 났다. 1980~90년대에도 옥돔이 귀하긴 했지만, 산지에서는 그래도 사 먹을 만했다. 귀한 옥돔은 정성껏 구워 조상의 제사상에 꼭 올렸고(물론 지금도 그렇다) 어른들은 "이거니 저거니 해도 국은 역시 생선국이 최고쥬 맛씸!(말입니다!)"이라 했다. 이때의 생선은 옥돔을 말하는 것. 옥돔이 아니고서는 생선을 논할 수 없다는 뜻이다.

　다른 지역에서는 '제주 옥돔' 하면 주로 구이를 떠올리는데 사실 싱싱한 제주 옥돔의 진가는 국을 끓였을 때 유감없이 발휘된다. 옥돔 한 마리를 구워내면 식구 많은 집에서는 일인당 한두 번 젓가락이 가면 뼈가 앙상해졌다. 하여 무나 미역 같은 부재료를 넣고 국을 끓여 국물이라도 양껏 먹게 했다. 싱싱한 옥돔에 무를 도톰하게 채로 썰어 넣거나, 물미역을 넣고 부드럽게 끓인 뽀얀 옥돔국. 그 '베지근'한(깊고 진한) 맛은 제주 토박이가 아니면 이해할 수 없는 어른의 맛이다.

옥돔은 크기와 선도에 따라 집마다 쓰임이 다르다. 크고 신선한 옥돔은 주로 조상의 제사나 신께 바치기 위한 용도로 사용된다. 군내가 나기 전에 배를 갈라 내장을 제거하고 손질해 말려둔다. 크기가 좀 작더라도 옥돔의 선도가 좋으면 국이나 죽으로 끓여 보양식으로 쓴다. 장만해둔 옥돔을 잘 뒀다가 중요한 날에 구이나 죽, 탕으로 끓여 상에 올린다. 가족 중 누군가 아팠을 때, 출산했을 때, 귀한 의미가 있는 날이면 옥돔은 여지없이 상에 올라온다.

옥돔은 수온이 낮아야 싱싱하고 기름지게 성장하는 어종이라 12월부터 이듬해 3월까지의 겨울 옥돔을 으뜸으로 여긴다. 여름철에 접어들면 살이 빠지고 맛이 떨어지는 데다 쿰쿰한 냄새가 난다. 제주 사람들은 옥돔에서 나는 이 특유의 냄새를 '진동내'라 부른다. 무더운 여름철, 할머니 장터나 오일장 등지에서 냉동하지 않은 건옥돔을 사면 거의 다 진동내가 난다. 그래서 여름철에 옥돔을 사야 할 경우에는 겨울에 잡은 냉동옥돔을 사는 편이 훨씬 낫다. 대개의 생선이 그러하듯 옥돔도 신선도에 따라 맛과 가격의 차이가 큰데, 먼 바다에서 어획되는 것보다 제주 연안에서 잡아 그날 바로 판매되는 옥돔을 최고로 친다.

예전에 재래시장의 생선가게에서 시세보다 훨씬 저렴하게 파는 당일 어획한 제주산 옥돔을 발견했다. 노란 지느러미가 나름 선명한 게 성싱해 보이기는 했지만 그날 잡은 게 맞다면 이 가격일 리가 없어 고개가 갸웃거려졌다. 어물전의 상인은 나의 미심쩍은 마음을 읽었는지, "내가 허리 수술 때문에 내일부터 한동안 병원에 입원해야 해서 오늘 밑지고 이 생선들 다 처분하는 거우다!" 하며 목청을 높였다. 상인이 45도 각도로 시선을 내리깐 채 나와 눈을 마주치지 않는 게 조금 걸리긴 했지만 저리도 당당하게 말하니 득을 본 기분으로 옥돔을 사 왔다.

집에 와 옥돔의 배를 가르는 순간, 값이 왜 그리도 저렴했는지 알게 되었다. 역시나 그 옥돔은 당일 어획한 것이 아니었다. 싸게 산 건 결코 아니었고 그 옥돔의 가치에 맞는 금액을 치르고 온 것. 그렇지만 왠지 '눈탱이' 맞은 기분이었다. 결국 옥돔국을 끓이려던 계획을 접고 기름에 튀기기로 했다. 옥돔국은 그날 잡은 싱싱한 것으로 끓여야만 비리지 않게 먹을 수 있기 때문이다. 그날 저녁 의외로 식구들이 옥돔 튀김을 너무나 맛있게 먹어 그나마 위안이 되었다.

———

1980년대에 우리 집에서는 옥돔 때문에 생사를 오가는 아찔한 사건이 있었다. 두 살 터울 남동생 생일에 큰 옥돔을 특별히 공수해 옥돔 미역국을 끓인 날이었다. 옥돔국은 시원하고 담백한 국물 맛이 뛰어나지만 그 진한 국물을 만드는 옥돔의 뼈가 무섭기로 악명이 높다. 어찌나 뾰족하고 단단한지 잘못하다 목구멍에 걸렸다가는 그대로

마음이 허기지면

살이 찢기거나 목구멍을 막아버릴 수 있기 때문이다. 그날 옥돔국은 정말 맛있게 끓여졌다. 온 가족이 가시에 각별히 주의해가며 옥돔의 부드러운 살점이 든 뽀얀 국을 후후 불어가며 먹기 시작했다.

엄마가 국물에 밥을 조금 말아 생일의 주인공인 남동생의 입안에 한술 넣었을 때였다. 잠시 후 남동생이 자지러지며 숨이 꼴딱꼴딱 넘어갔다. 목구멍에 옥돔의 가시가 걸린 거였다. 그 밤, 엄마는 남동생을 둘러업고 대학병원 응급실로 달려갔다. 의사는 최악의 상황도 염두에 두어야 한다는 말을 하며, 남동생의 입안으로 길고 가느다란 핀셋을 집어넣었다. 찰나의 순간이 여삼추 같았다. 천만다행으로 그 핀셋에 옥돔의 굵은 가시가 딸려나왔다. 폭풍이 지나가고 동생은 무슨 일이 있었냐는 얼굴로 생글생글 식구들의 얼굴을 바라봤다. 엄마는 그날의 기억이 인생에서 가장 아찔하고 가슴 쓸어내리는 순간이었다고 동생의 생일 때마다 말씀하시곤 한다.

이렇게 생사 고비를 넘길 정도로 옥돔국에 온 가족이 치였으면 보통은 옥돔의 'ㅇ'자도 보기 싫을 만한데, 여전히 우리 가족은 옥돔국을 잘 먹는다. 심지어 내 남편과 올케까지 옥돔국을 좋아한다. 옥돔국을 먹을 때면 역시나 약방의 감초처럼 '한밤의 옥돔 가시 대소동'이 영웅담처럼 뒤따른다.

추운 겨울이면 옥돔국이 더 그리워진다. 며칠 새 쌀쌀해진 날씨에 옥돔 머리로 뽀얗게 우려낸 베지근한 옥돔미역국 한 그릇이 간절하다. 입천장이 데일 정도로 뜨거운 국물을 후후 불어 입안에 넣으면 온몸이 후끈하게 데워질 것만 같다. 하늘과 바다 중 어느 게 더 넓으냐는 손녀의 질문에 계춘할망은 '바다'라고 답한다. '다 가보지도 않았으면서 그걸 어떻게 아느냐'는 손녀에게 할망은 다정하게 얘기한다. "오래 살다보면 절로 알게 되는 게 있다."

계춘할망의 말이 맞다. 긴 세월 옥돔의 베지근한 맛이 혀 깊숙이 뿌리내렸는지 이제는 내 몸이 그 맛을 찾는다. 어렸을 적에는 그저 귀하다니까, 특별한 날 상에 오르는 거니까 맛있는 거구나 했던 옥돔의 맛이 이제는 절절히 와닿는다.

귀한 날 귀한 사람에게만 대접한다는 그 맛이.

마음이 허기지면

음력 유월 스무날엔
꼬꼬댁 꼬꼬

닭백숙

–
닭고기는
유월 스무날에나
겨우 먹을 수 있었주게.
–

20대 초반, 잊지 못할 기억이 있다. 대학 시절 뉴욕에서 어학연수를 할 때, 희한하게도 끼니때마다 뭔가를 먹는데도 위가 채워지지 않는 기분이었다. 햄버거나 피자, 샌드위치는 식사라기보다는 간식같이 느껴졌다. 그야말로 진짜 '쌀밥'이 먹고 싶었다. 고국의 음식이 사무치게 그리워 맨해튼 32번가 한인타운에 가서 설렁탕이나 비빔밥을 사 먹기도 했지만 주머니 가벼운 유학생에게는 가격이 부담되어 자주 가기 어려웠다. 요리를 해먹을 수 있었다면 한결 사정이 나았겠지만 머물던 기숙사에는 안타깝게도 취사를 할 만한 부엌이 없었다. 전기포트로 물을 끓여 컵라면에 부어 먹는 게 고작일 뿐.

기숙사 근처에는 풍부한 식재료를 파는 큰 슈퍼마켓이 있었다. 요리를 할 수 없으니 걸핏하면 그곳에서 시간을 보냈다. 한국에서는 비싸서 사 먹기 어려웠던 체리나 오렌지를 한 아름씩 사서 먹기도 하고, 일주일에 두세 번은 샐러리나 당근을 사서 크림치즈를 발라먹기도 했다. 미국은 육고기 가격이 무척 저렴해서 정육 코너에 이르면 간절한 눈으로 한참을 서서 바라보곤 했다. '이 고기로 요리를 하면 싸고 푸짐하게 먹을 수 있을 텐데……' 하며. 궁하면 통한다 했던가? 어느 날은 가게 귀퉁이에 있던 미니 라이스 쿠커가 눈에 들어왔다. 크기는 자그마했지만 단단하니 제법 쓸 만해 보였다. 까짓것 22불을 투자하기로 했다.

그날 밤 라이스 쿠커로 나를 위한 만찬을 준비했다. 큼지막한 닭다리 4개를 가볍게 씻은 후 물기를 털어내고, 즉석밥은 전자레인지에 돌려뒀다. 붉은 양파와 파, 통마늘의 껍질을 벗겨내니 순식간에 준비 완료! 그것들을 라이스 쿠커에 넣고 생수를 콸콸 부어 전기 코드를 꽂았다. 얼마 지나지 않아 닭 익는 구수한 냄새가 폴폴 풍겼다. 닭다리가 다 익고 국물이 뽀얗게 우러나왔을 때 즉석밥을 넣어 죽을 쑤기 시작했다. 냄새를 맡고 옆방에 있던 일본인 친구와 스페인 친구가 찾아왔다. 친구들에게 다 익은 닭다리를 건넸더니 넙죽 받아먹었다. 소금으로 살짝 간을 한 부드러운 닭죽도 내주었다. 한입 먹어보더니

마음이 허기지면

"야미!"하며 닭고기를 먹을 때보다 더욱 격렬하게 반응했다. 이게 무슨 요리냐고 묻는 친구들에게 나는 어깨를 으쓱거리며 대답했다.

"이건 한국 남단에 있는 섬, 내 고향 제주의 닭백숙이야."

———

옛날에, 그러니까 초등학교가 '국민학교'이던 시절부터 줄기차게 닭고기를 먹었다. 집에서도 먹고, 시골에 가서도 먹고, 식당에서도 먹었다. 그때는 제주 토종닭을 시장에서 쉽게 살 수 있었는데, 그 닭으로 요리를 하면 무엇이든 다 맛있었다. 제주 들판에 풀어놓고 키우던 토종닭은 날개와 근육이 발달해서 쫀득쫀득 식감이 좋고, 씹을수록 고소하고 맛이 깊다. 닭을 삶은 국물로는 멥쌀이나 찹쌀을 넣어 윤기나게 죽을 끓여 먹었는데, 봄철에 담근 풋마늘장아찌와 곁들이면 정말 환상적이었다. 닭고기를 양껏 뜯어먹고도 "엄마 죽 더 줘!"하면서 몇 번이나 그릇을 내밀곤 했다.

어렸을 적 여름방학 때 외가에 식구들이 대거 모이는 날이면, 할아버지와 할머니, 우리 식구, 이모네, 큰외삼촌 가족, 군 휴가를 나온 막냇삼촌까지 그 수를 합하면 열대여섯 명이 훌쩍 넘었다. 토요일이었던 그날은 여름방학 첫날이기도 했다. 평소에도 닭을 많이 먹었지만, 특히 닭요리는 여름철 최고의 보양식으로 여겼다. 한여름 더위에 기력이 떨어지면 보신을 위해 꼭 닭을 삶았다. 할머니는 날도 더운데 온 식구가 보양해야 한다면서 낮부터 분주히 주방을 오갔다.

할아버지가 장에 중닭 예닐곱 마리를 사러 간 사이, 마당에는 멍석이 깔리고 큰 솥에선 물이 설설 끓기 시작했다. "누게 우영팟에 강 풋고추영 쪽파 좀 토당오라." 할머니의 외침에 나는 엄마의 손을 잡고 우영팟에 나갔다. 내가 풋풋하게 자라난 초록의 풋고추를 톡톡 따는 동안, 엄마는 땅에서 삐죽이 머리를 내민 쪽파를 쑥쑥 뽑아냈다.

날이 어둑어둑해지고 솥에서는 김이 모락모락 피어올랐다. 곁들일 반찬들이 하나둘 상에 오르기 시작했다. 봄에 만들어둔 마농지(풋마늘장아찌)와 푹 익은 신김치, 짭조름한 콩장, 우영팟에서 갓 따온 채소 곁에는 맵쌀한 쌈장이 자리잡았다. 소주도 두어 병 올라오고 종재기도 뒤따랐다. 닭이 푹 고아지는 매혹적인 냄새가 마당 안을 가득 채우기 시작했다. 할아버지와 아빠, 이모부와 삼촌들은 벌써 식전주를 마시면서 뭔가 이야기를 하고 있었다.

"장인어른, 지금이야 닭이 흔하디 흔하지만 우리 어릴 때야 얼마나 귀해수꽈?"

"그렇주, 독새기(달걀)나 가끔 먹었지, 닭고기는 유월 스무날에나 겨우 먹을 수 있었주게."

"고기붙이 꼴도 못 보당 닭 삶앙 먹으민 어찌나 맛이 좋던지……. 유월 스무날 되기만 다들 얼마나 기다려나수꽈."

어른들은 닭에 대해 할 말이 많은 듯했다. 옆에서 곰곰이 듣던 나는 자주 등장하는 '유월 스무날'이 대체 무슨 날인지 궁금해졌다. 할아버지께서 곧 답을 말씀해주셨다.

마음이 허기지면

"제주에서는 음력 유월 스무날이 닭 잡아먹는 날이었져. 우리 땐 고기가 아주 귀해서 일 년 중 그날만 닭을 먹을 수 이셨져."

음력 6월 20일은 중복과 말복 사이로 연중 더위가 가장 심한 때다. 밭농사를 주로 짓던 제주에서 이 시기는 조파종이 끝나고 김매기는 아직 이른 비교적 한가한 때이기도 하다. 제주의 작열하는 태양을 이기기 위해서는 영양을 보충할 고단백질의 '특식'이 필요했다.

고기가 귀했던 제주에서 그나마 쉽게 구할 수 있었던 게 집에서 키우던 닭이었다. 닭은 돼지나 소, 말보다 좀더 제주인의 생활에 맞닿아 있던 동물이었다. 과거 제주에서는 거의 모든 집에서 닭을 키웠다. 달걀을 낳아 가계에 보탬이 되기도 했고, 닭 울음소리로 새벽을 알 수 있기도 했다. 닭은 키우기도 수월했다. 우영팟에 풀어놓으면 풀이나 벌레도 주워 먹고 제주에서 흔한 보리나 조 같은 곡식알갱이도 스스로 찾아 집어먹었다.

"닭은 지대로 알앙 다 컸어. 그다지 챙겨줄 것도 어셨주. 닭 눈이 어찌나 밝은지 지네도 잡아먹고 요만한 벌레도 잡아 먹으멍 지들이 영양 보충을 허멍 커나갔었져. 닭장은 밤에 도둑고양이들 피행 편안허게 잠잘 용도로나 필요했던 거였고."

식용 닭은 일반적으로 150일 정도 키운다. 이른 봄 병아리가 나오면 보통 음력 6월쯤 중닭으로 자라는데, 이 크기의 닭이 식용으로 안성맞춤이다. 그렇게 키운 닭을 음력 6월에 잡아먹는 일이 제주의 세시풍속이라는 게 할아버지의 설명이었다.

"1월에 나서 6월 중순 즈음까지 자란 닭이 육질도 단단허고 맛도 좋은 걸로 알려졌주. 이때를 몸보신 하는 날로 정한 것은 우리 조상님들의 지혜야."

음력 6월 20일 저녁, 제주 집집의 마당에는 널찍한 평상이 놓였다. 어머니들은 가마솥에 푹 곤 닭과 죽을 내왔고, 온 가족이 둘러앉아 맛있게 먹었다. 닭고기는 많지 않더라도 죽을 쒀서 온 식구가 충분히 나눠 먹을 수.있었기에 경제적이었고 고단백의 영양을 보충하기에도 좋았다. 그래서 제주 아이들은 이날을 손꼽아 기다렸다고 한다.

과거의 제주 아이들처럼 뉴욕에서의 나는 라이스 쿠커에 닭을 고아 먹는 날을 기다렸다. 내가 닭으로 요리를 할 때면 어물전에 생선 냄새를 맡고 달려드는 고양이들처럼 친구들이 내 방 앞에 모여들었다. 닭은 다른 나라에서도 친숙한 식용 동물이었기에 제주아일랜드표 치킨 수프를 먹는 날이면 각국의 닭요리에 대한 대화로 시간 가는 줄 몰랐다. 그럴 때면 조국을 넘어 나의 뿌리인 제주 음식 이야기를 친구들에게 해주곤 했다. 어렸을 적 할아버지가 전해준 제주의 세시 풍속을 떠올려가며 더 풍성하고 살아 있는 이야기를 들려주었다. 영어가 능숙하지 않던 때라 완벽한 문장을 구사하진 못했지만 최선을 다해 말했던 기억이 생생하다. 집 떠나면 모두가 애국자라더니, 태평양 건너 이국에 있으니 그렇게나 애향심이 샘솟았다.

뉴욕이라는 화려한 도시에서의 즐거웠던 한때를 떠올리면 항상 미니 라이스 쿠커에 만들어 먹던 닭백숙이 떠오른다. 과거 제주 아이

마음이 허기지면

들에게 음력 유월 스무날의 닭이 특별한 추억이었다면, 내게는 20대 초반 뉴욕의 닭백숙이 잊지 못할 기억이다.

3. 한데 모여 앉아, 식구

아침,
그를 유혹한 냄새

도미조림

—
맛있는 요리를 먹으며
기울이는 술잔만큼
이야기할 추억도
매일 쌓인다.
—

신사역 8번 출구, 연회색 체크무늬 남방, 물 빠진 청바지 차림의 남
자가 먼저 나를 알아보고 눈인사를 해왔다. 나도 살짝 고개를 끄덕였
다. 남자가 웃음을 머금은 표정으로 예약해둔 브런치 레스토랑으로
나를 이끌었다. 파스타로 요기를 하고 근처 일본풍 선술집으로 자리
를 옮겼다. 아직 해가 떨어지지 않았을 때 마시는 술은 언제나 달다.
두번째 생맥주 잔에 손을 뻗으려는데 그가 대뜸 물었다.

"무슨 김씨예요?"

"경주 김씨요. 왜요?"

"아뇨, 그냥."

남자가 활짝 웃었다.

내 나이 서른하나에 만난 남자. 당시 나는 수험 생활에 실패하고 하릴없이 세월을 보내고 있었다. 선배의 소개로 만나게 된 남자는 키가 크고 선한 인상에 착실한 사람이었다. 사랑의 열병을 앓을 나이는 오래전에 지났고, 감정보다 이성이 지배하던 때였다. 20대의 연애 감정처럼 가슴이 크게 두근거리지는 않았지만 휴대폰 창에 그의 번호가 뜨면 반가웠다. 세번째 만나는 날, 나란히 길을 걷고 있었는데 서로의 손이 스쳤다. 그 순간을 놓치지 않고 남자가 내 손을 슬며시 잡았다. 포근한 봄바람이 살갗에 와닿았다. 따뜻하고 커다란 그 손을 나는 뿌리치지 않았다.

열렬하게 좋았는가 하면 그건 아니었다. 관계에 대해 조금은 신중해야 할 때였고, 두근대는 감정만으로 상대를 만나기에 결코 적은 나이는 아니었다. 그때 내가 그의 손을 마주잡을 수 있었던 건 아마 내가 그를 바라보는 온도보다 그가 나를 바라보는 온도가 더 뜨거웠기 때문인지도 모르겠다.

그와는 식도락 취향이 비슷해 만나면 늘 즐거웠다. 폼을 잡고 먹는 값비싼 요리보다 싸고 매력적인 요리에 더 마음이 끌렸다. 기분 좋은 후줄근함, 적당하게 어지러운 테이블 배치, 시끌시끌한 번잡함, 싸고 신선한 먹을거리가 있는 곳. 그런 가게들을 우리는 좋아했다. 이수역 돼지목살 소금구이집, 방배동 카페골목 전집, 신림동 고시촌 오사카풍 튀김집, 홍대입구 일본식 차슈라멘집, 서초동 해물알찜집. 그런 음식 곁에는 늘 맛있는 술이 따라왔다. 적당히 불콰한 모습으로 우리의 대화도 무르익어갔다.

그때 나는 대학생이던 여동생과 자취 중이었다. 그는 늘 집 앞까지 나를 바래다주었다. 하루는 집에 들어가 혹시나 하고 창밖을 내려다봤는데 그가 아직 집앞에서 위를 올려다보고 있었다. 내 방에 불이 들어오는 걸 확인하고서야 발길을 돌리는, 그 짧은 순간 가슴이 찡하게 울려왔다.

겨울이었다. 때아닌 폭설로 발치까지 눈이 쌓이고 길이 꽁꽁 얼어붙은 몹시 추웠던 어느 날 밤. 나를 배웅해주고 돌아서려는 그를 불러 세웠다.

"오빠, 눈이 너무 많이 오는데 자고 갈래요?"

그는 일순 놀란 기색이더니 곧 "그럴까?"라며 고개를 끄덕였다. 은근히 두근거리는 옆얼굴이었다.

동생과 어색한 인사도 잠시, 우리는 맥주를 마시며 이런저런 이야기를 나눴다. 별 내용이 아니었는데도 내내 즐거웠다. 내 방에 그의 잠자리를 봐주고 동생과 침대에 나란히 누웠다. 잠시의 침묵을 깨고 동생이 입을 열었다.

"언니 저 오빠랑 결혼할 거야?"

"글쎄……."

더이상의 말이 오가지는 않았지만 우리는 서로 미소를 띠고 있었을 것이다. 창밖에는 함박눈이 계속 내리고 있었다.

———

다음날 아침, 가장 먼저 눈뜬 건 나였다. 따뜻한 밥을 지어주고 싶은데 반찬을 뭘 해줘야 좋을지 고민이 앞섰다. 장을 봐온 지 한참 되어 냉장고에는 별다른 재료가 없었다. 그때 냉동실 구석에 있던 참돔이 눈에 들어왔다. 자연산 참돔이라며 엄마가 얼마 전에 보내준 것이었다. 냉장실 채소 칸의 말라비틀어진 대파 한 뿌리와 마늘 대여섯 톨이 여태 남아 있는 게 눈물이 날 정도로 반가웠다.

토막 낸 도미를 냄비 바닥에 가지런히 깔고 자박자박하게 물을 부었다. 간장과 미림, 물엿을 적당하게 섞어 냄비에 부은 다음, 길게 썬 대파와 칼로 대충 삐진 마늘을 넣었다. 뚜껑을 덮고 약불로 조리기 시작했다. 수분이 거의 날아가고 간장이 조금 진득해질 즈음 뚜껑을 걷어내 불을 확 줄였다. 귀와 코에 온 신경을 집중해가며 도미가 완전히 다 조려질 때까지 지켜봤다. 보글보글 끓던 소리가 타닥타닥 타들어가는 소리로 바뀌자 은은하면서도 짭조름한 냄새가 나기 시작했다. 냄비에서 훅 끼치는 익숙하고도 맛있는 도미조림 냄새가 군침을 돌게 했다. 간장을 듬뿍 머금고 윤기 나는 모습으로 도미 옆에 자리한 대파와 마늘도 마음을 기쁘게 했다.

생선조림 냄새가 방 안까지 침투했는지 부엌으로 다가오는 인기척

한데 모여 앉아, 식구

이 느껴졌다.

"이게 뭐야?"

"생선조림 좋아해? 제주에서 올라온 참돔을 조려봤어."

"우와, 이런 것도 만들 줄 알아?"

남자의 눈이 커졌고, 목울대가 위아래로 움직였다. 때마침 전기밥솥에서 밥이 다 되었다는 신호음이 울렸다.

그와 결혼한 지 올해로 8년이 됐다. 토끼 같은 쌍둥이 딸까지, 둘이었던 우리는 넷이 되었다. 미식을 즐기는 우리지만 아이가 생기고 난 후엔 밤마실 가는 건 꿈도 못 꿔봤다. 대신 하루가 깊어진 시각이면 주방에 둘만의 선술집을 연다. 육포나 명란, 한치구이 같은 간단한 안주가 대부분이지만 제주에서 신선한 재료가 올라올 때면 특별한 안주도 상에 낸다. 구쟁기구이나 해삼회 같은 별미가 준비될 때는 남편이 그에 맞는 술과 잔을 꺼내온다.

혹시 아이들이 깨지는 않았는지 방에서 들려오는 소리에 귀를 기울이며 조심스럽게 술을 따른다. 했던 얘기 또 하고, 중요하지도 않은 이야기를 하면서도 늘 웃음이 끊이지 않는다. 대화는 고구마 넝쿨처럼 줄줄이 이어져 연애 시절 갖가지 에피소드까지 화제에 오른다. 그때마다 남편은 그윽한 눈으로 이렇게 말한다.

"요리의 '요'자도 모를 것 같은 애가 도미조림을 만들다니, 어찌나 놀랍던지 말이야."

"그거 먹고 반한 거야?"

"어, 그랬었나? 뭐 암튼 정말 믿기지 않을 만큼 맛있었어."

　흐르는 세월만큼 눈가에는 주름이 생기고 허리에는 두둑하게 살이
붙었다. 그 시절의 긴장감은 사라진 지 오래지만 편안함이 주는 안정
감이 있다. 맛있는 요리를 먹으며 기울이는 술잔만큼 이야기할 추억
도 매일 쌓인다. 그 시절 도미조림으로 아침을 유혹했던 것처럼 앞으
로도 이 남자와 술잔을 나누며 나이 들고 싶다.

외유내강의 맛

콩국

제주의 콩국은
'겨울'을 담고 있다,
국물이 몽글몽글하고
김이 모락모락 나는
뜨끈한 콩국.

TV 예능 「효리네 민박 2」를 보다가 뜻밖의 장면에서 와락 반가움을 느꼈다. 장에 다녀온 이효리씨가 날콩가루를 훌훌 풀어 국을 끓이더니 민박집 손님들에게 '제주도식 콩국'이라며 상에 내놓은 것.

콩국은 제주의 오랜 서민 음식으로 영양이 풍부하고 콩의 구수한 맛이 친숙하다. 어머니 세대의 가정에서는 지금도 콩국을 상에 올리지만, 젊은 사람들 가운데 콩국의 존재를 모르는 사람도 적지 않다. 무색무취의 강력한 한방이 없어 보이는 이 콩국은, 그러나 내게 친정

집을 떠올리게 하는 각별한 음식이다.

'왕할머니'라 부른 증조할머니는 103세까지 장수하셨다. 청력만 조금 약해졌을 뿐 돌아가시기 전까지 식사도 직접 차리셨고, 큰 병치레 없이 건강하게 살다 가셨다. 지금도 기억 나는 장면은 왕할머니가 어린 나에게 "정실이 딸이가? 느 어멍이랑 많이 닮았져", 내 남동생에게는 "정실이 아들이가? 니는 똑곹이 아방이여" 하며 웃으셨던 모습.

왕할머니는 멀미가 아주 심해서 일절 차를 못 타셨다. 삶의 대부분을 태어난 마을에서만 머무르셨는데 일 년에 한두 번 왕할머니 부모님 제사 때문에 이웃 마을 태흥리에 가실 때는 아들인 내 외할아버지가 왕할머니를 바래기(달구지)에 태워 이동했다. 다행히도 바래기에서는 차멀미를 하지 않았기에.

왕할머니는 아들 가족들과 함께 살았다. 아들과 며느리는 과수원 일로 바빴기 때문에 부엌살림은 왕할머니 차지였다. 왕할머니의 음식을 먹고 자란, 엄마와 이모, 외삼촌은 그 시절에 대한 이야깃거리가 넘쳐났다. 그 가운데 겨울이 오면 따끈한 콩국으로 온기를 보충했던 게 가장 기억이 많이 난다고 했다. 왕할머니는 찬바람이 드는 계절이 되면 갓 나온 해콩으로 콩국을 자주 끓였다.

'콩국'이라 하면 타 지역에서는 보통 여름을 떠올릴 것이다. 무더운 날, 국수에 부어 먹는 차갑고 진한 형태의 콩국물이 육지 사람이 생각하는 콩국일 터. 그러나 제주의 콩국은 '겨울'을 생각나게 한다. 국물이 몽글몽글하고 김이 모락모락 나는 뜨끈한 콩국.

한데 모여 앉아, 식구

제주는 예로부터 콩 농사를 많이 지었다. 콩을 재배하려면 밭에 인산이나 석회가 풍부하고 배수가 잘되어야 하는데, 제주의 토양은 이 모든 조건을 충족한다. 물이 고여 있지 않아 논농사를 짓지 못하는 대신 물 빠짐이 좋으니 콩을 재배하기에는 안성맞춤이다. 지금도 제주에서는 푸른콩(푸르대콩), 흰콩, 메주콩 등 다양한 콩이 생산되고 수확량도 전국 최고 수준이다. 이 많은 콩으로 된장도 만들고, 두부도 만들고, 콩을 갈아 콩국도 끓이고 콩죽도 끓인다.

콩은 늦가을에 수확한다. 가을볕에 말려 도리깨질하여 탈곡하고 선별까지 마치면 계절은 어느덧 초겨울에 진입한다. 이 시기 제주 어머니들에게 중요한 일은 일 년 치 된장을 만드는 작업이다. 된장을 만드는 메주가 잘 띄워지도록 차지게 반죽해서 초가 천장에 대롱대롱 매달아놓으면 한해 농사를 다 지었다고 말한다. 이 메주를 만드는 콩을 따로 덜어뒀다 물에 불리지 않고 날것 그대로 갈아 넣은 게 콩국에 들어가는 생生 콩가루다.

콩국에는 콩가루만 들어가는 게 아니다. 겨울에 접어들며 살짝 질겨지기 시작한 배추를 죽죽 찢어 넣거나, 제맛이 든 제주의 겨울 무를 두툼하게 채 썰어 넣는다. 이렇게 같이 끓이면 콩의 질 좋은 단백질에 배추와 무의 비타민과 식이섬유가 보완돼 영양도 풍부해지고 콩가루의 다소 퍽퍽한 느낌을 채소의 시원한 단맛이 감싸준다. 그래서 겨울에는 잘 끓인 콩국 한 그릇만 먹어도 맛과 영양을 다 챙길 수 있었다.

———

갑자기 비가 쏟아진 어느 겨울날. 우산을 못 챙겨간 손주들이 비에 홀딱 젖어 평소보다 일찍 집에 돌아왔다. "할머니 배고파요!" "할머니 빨리 밥 주세요!" 끼니때가 된 데다 추위에 지친 아이들이 배고프다 아우성이다.

손주들이 배고프다니 얼른 밥을 해야 하는데 나무가 젖어 불이 붙을까 걱정이다. 날은 점점 어두워지고 하늘에선 곧 큰 비가 쏟아질 것 같다. 연기가 굴뚝을 빠져나가야 불이 붙을 텐데, 부엌 바닥으로 자꾸만 자욱하게 깔린다. 아궁이 앞에 엎드려 눈물을 흘려가며 한참을 씨름한 끝에 겨우 불을 붙이는 데 성공이다.

아무리 바빠도 손주들에게 계란찜이라도 하나 해서 비벼주고 싶다. 비를 맞으며 닭장으로 달려가 달걀을 몇 개 주워온다. 우영팟을 잽싸게 돌아 얼갈이배추와 쪽파를 뜯고, 큼지막한 무도 한 개 뽑아온다. 부엌으로 돌아오기 무섭게 배추를 씻어서 대충 뜯어놓고, 무는 도톰하게 채를 썰어둔다. 날콩가루를 물에 개고, 대접에 달걀 두어 개를 홀홀 풀어 쪽파도 송송 썰어 넣는다. 아궁이의 나무가 활활 타기 시작하니 그제야 할머니는 한시름 놓는다.

하늘에서 비가 쏟아지기 시작한다. 보리쌀이 두 차례 끓어 완전히 퍼지자 씻어놓은 쌀을 안쳐 밥을 한다. 보리밥을 할 때는 보리와 쌀을 시간 차를 두고 지어야 잘 무르고 부드러워지기 때문이다. 밥이 거의 다 돼 뜸 들이기 직전 밥 위 한쪽에 계란을 푼 대접을 얹고 가마

한데 모여 앉아, 식구

솥 뚜껑을 덮어둔다. 구수한 밥 냄새와 계란찜 냄새가 부엌을 가득 채우기 시작한다.

밥을 뜸 들이는 동안 작은 솥을 아궁이에 걸친다. 솥에서 물이 끓기 시작하자 개어둔 콩가루와 배춧잎, 무를 톡톡톡 넣고 옆에 바싹 달라붙어 지켜본다. 콩국은 순식간에 넘칠 수 있어서 국을 끓이는 동안 자리를 비우면 안 된다. 솥뚜껑을 연 채 젓지 않고 불만 조절한다. 막 끓어 넘치려고 할 때 국간장을 조금씩 넣는다.

손주들은 "할머니 아직도 멀었어요? 배고파 죽겠어요!" 하며 쉴 새 없이 성화다. "호꼼만(조금만) 이서보라 거의 다 되감져." 할머니가 달래듯 대답한다.

고슬고슬한 보리밥과 고소하고 담백한 맛이 온몸에 따뜻하게 번지는 콩국. 입술이 새파래질 정도로 한기를 느낀 후 뜨끈하게 먹는 콩국은 추위가 반찬인지 짜릿하게 맛있다. 부드러운 계란찜에는 숟가락이 끊임없이 들고난다. 파랗게 찐 호박잎에 곁들인 쿰쿰한 자리젓도 맛있다. 한 달 전에 만들어둔 마농지가 딱 맛있게 익어 작은 손들이 자꾸만 가닿는다.

손주들이 우르르 밥을 다 먹고 간 자리에서 왕할머니는 콩국에 밥을 후루룩 만다. 콩지(콩자반)에 마농지를 곁들이며 콩국에 만 밥 한 그릇을 맛있게도 먹는다. 그 사이 비가 그치고 구름 사이로 해가 빼꼼히 고개를 내민다. 손주들이 "우와 저기 무지개가 보인다"라며 소리를 지른다.

'린다G'라는 캐릭터로 다시 활동을 시작한 이효리씨의 모습이 보일 때마다 콩국이 떠오른다. 서울에서 화려한 린다G로 활동하다 섬으로 내려가 수수한 제주댁으로 변신하면 아마 저녁 상에는 구수한 콩국이 오를지 모른다. 그래, 콩국은 수수한 음식이지. 허여멀건 모습이 그저 수수해 보이지만 내실이 강한 음식. 외유내강이란 바로 이런 게 아닐까. 왕할머니에서 외할머니, 친정엄마를 거쳐 대를 이으며 끓이는 콩국. 다음 세대인 나의 딸들도 콩국을 먹을 줄 알고 직접 끓일 수 있는 어른으로 자랐으면 좋겠다. 그리고 이왕이면 부드러워 보이지만 단단한 심성과 강인한 의지를 가진 사람으로 말이다.

한데 모여 앉아, 식구

아버지와
갈치

갈치무조림

—
대체 어디서부터
저 무거운 것을
들고 오신 걸까?
—

나의 유년 시절, 아버지는 늘 일로 바빴다. 새벽같이 집을 나서서 우리가 잠들 무렵에야 집에 돌아오셨다. 가족들과 함께 시간을 보내는 일은 손에 꼽을 만큼 적었다. 간혹 집에 일찍 들어오시는 날도 내내 주무시거나 텔레비전 뉴스에만 시선을 주셨던 걸로 기억한다. 아버지와 함께한 가족여행은 손에 꼽으며, 아버지와 함께 졸업식 사진을 찍은 기억은 한 번도 없는 것 같다.

아홉 살 때였던가? 늦은 밤 귀가한 아버지가 여동생과 내가 잠든

방 안으로 들어왔다. 아버지에게서 알싸한 술냄새가 났다. 아직 잠들기 전이었지만 잠든 척 꼼짝도 하지 않았다. 아버지는 침대 머리맡에 서서 잠든 우리를 한참 내려다보더니 얕은 숨을 가늘게 내쉬었다. 얼마나 시간이 지났을까, 커다랗고 거친 손으로 우리의 머리를 천천히 쓰다듬은 뒤 곧 자리를 떠났다. 커튼 사이로 희미하게 스며든 달빛이 아버지의 뒷모습을 비췄다. 그 모습을 보는데 가슴 한편이 아렸다. 잊고 있던 것을 떠올리게 하는, 그리움 같기도 연민 같기도 한 감정이 일었지만 이내 삼켰다.

바빴던 아버지와는 같이 저녁밥을 먹는 일도 드물었다. 어쩌다 식탁에서 마주하면 대화할 거리가 없어 이야기가 겉돌기만 했다. 아버지가 말을 걸면 최소한의 대답밖에 하지 않았다.

"날이 많이 더워진 거 같구나. 학교 다니기 힘들진 않니?"

"별로 안 힘들어요."

"친구는 많이 생겼니?"

"네."

평소처럼 고요한 식사가 시작되었다. 밥상 위에선 달그락거리는 수저 소리만 들릴 뿐 대화는 오가지 않았다. 침묵을 깬 건 아버지였다.

"갈치가 뱃살이 기름지고 알이 통통한 게 아주 맛있어 보이는구나."

아버지는 큼지막한 무가 말캉하게 잘 익은 짭조름한 갈치무조림을 무척 좋아했다. 아버지의 식성을 잘 아는 엄마는 그날 잡은 은갈치에 무를 갈치의 몸통보다 두껍게 썰어 넣고 마늘을 잔뜩 넣은 조림을 자

한데 모여 앉아, 식구

주 만들었다. 싱싱한 재료로 만든 갈치조림이야 맛없을 수가 없었다. 온 집 안에 맛있는 냄새가 진동하고 모두의 허기가 극에 달할 즈음, 밥상에 갈치조림을 담은 납작한 냄비가 등장했다. 그런데 당신이 그렇게 좋아하는 갈치조림이 상에 올랐음에도 아버지는 갈치를 먼저 입에 넣는 법이 없었다.

갈치의 기름진 뱃살은 젓가락으로 뭉툭하게 잘라 "민희 먹어라" 하며 내 숟가락에, 허연 갈치 속살은 크게 도려내 동생들 밥그릇 위에 올려주셨다. 정작 당신은 간장에 조려진 무를 잘라 드시면서……. 갈치의 통통한 알은 "당신 먹어" 하며 엄마에게 주셨다. 숱하게 많은 나날, 갈치를 먹을 때마다 아버지는 내게 갈치 뱃살을 올려줬지만 나는 고맙다는 말은 한 번도 하지 못했다.

아버지는 누구보다 정이 많고 마음이 따뜻한 분이다. 싱싱한 해산물이 많이 생기면 매번 동네 이웃들과 나눴고, 텔레비전에서 불우한 이웃들의 이야기가 나오면 어린애처럼 눈시울을 붉혔다. 그러나 가끔 예상 밖의 행동을 할 때가 있었고, 감정의 오르내림이 심했다. 화기애애하게 대화를 나누다가도 갑자기 욱하며 화낼 때가 많아서 불안했다.

———

결혼하고 나서도 아버지는 내게 가깝고도 먼 존재였다. 분명 너무나 고마운 마음이 가득한데 아버지를 원망하고 이해할 수 없는 마음도 동시에 존재했다. 그런데 그 원망의 마음이 내가 두 아이의 엄마가 되자 조금씩 변해갔다.

그때의 아버지는 지금의 내 나이쯤이었을 것이다. 올망졸망한 아이들 셋이 아버지만 바라보던 시절, 달리 도움 받을 여력도 없이 아버지는 혼자 모든 걸 이뤄내야 했다. '공부시켜야지' '잘 먹여야지' '남들만큼 입혀야지' 하는 자식들 걱정이 온종일 그를 따라다녔을 것이다. 그 모든 걱정은 결국 '돈'이었다.

아버지라고 가족들과 시간을 보내고 싶지 않으셨을까? 가족들과 잘살고 싶어서 아침부터 밤늦게까지 밖에서 밥을 사 드시면서 일을 하셨으리라. 새벽같이 출근해서 남들이 꺼리는 궂은일도 마다하지 않고 정말 성실히 일해 돈을 벌었다. 돈을 벌어와 가족들에게 경제적으로 지원해주는 일이 아버지가 생각하는 '사랑'이었을 것이다.

그 시절 아버지들의 삶이 다 그랬다. 곤죽이 되도록 일하느라 자식들에게 신경 쓸 여유가 없었다. 일에 몰두하느라 정신없을 정도로 시간이 없어서 기념일을 챙기거나 자식들의 크고 작은 행사에 참석할 여력이 없었을 것이다. 더 벌어 더 해주고 싶어도 성과가 더딜 때는 많이 초조하고 화도 났을 것이다.

부모님은 아니라고 하시지만, 나와 내 동생들은 우리가 원하는 대로 거의 다 누릴 수 있었다. 그것들은 모두 '돈'과 연관되었고, 아버지의 희생 덕분에 가능한 일이었다. 아버지는 자식들을 위해서라면 몸을 아끼지 않았다. 말로 다 표현하지 않았지만 마음을 전할 수 있

한데 모여 앉아, 식구

는 행동으로 우리를 눈물 나게 했다.

내가 결혼한 그해에 부모님을 뵈러 남편과 같이 제주도에 갔다. 아버지가 일 때문에 타지에 나갔다 페리로 돌아오고 계신다 하여 제주항에 마중 나갔다. 배에서 내린 아버지의 손에는 겉보기에도 무거워 보이는 커다란 스티로폼 박스가 들려 있었다.

"아빠, 이거 뭐예요? 너무 무거워 보이는데."

"딸이랑 사위 먹이려고 귀한 자연산 전복이랑 소라 사 왔다. 배고프겠구나, 어서 집에 가자."

아버지의 손에는 스티로폼 박스를 들고 갈 수 있게 묶은 비닐끈 자국이 선명했다. 대체 어디서부터 저 무거운 것을 들고 오신 걸까? 무심코 바라본 아버지의 손 마디마디가 울퉁불퉁 튀어나와 있었다. 처음으로 해보지 않던 행동을 했다. 거칠고 뭉툭한 아버지의 손을 살며시, 꼭 힘을 줘 잡으며 말했다.

"아빠, 고마워요."

아버지는 별다른 대꾸 없이 평소보다 더 빨리 걸음을 재촉했다. 나답지 않게 괜히 낯간지러운 행동을 했나 싶었다. 그러다 힐끔 아버지의 얼굴을 봤는데, 그 눈을 봤는데, 눈물이 그렁해 울고 계셨다. 눈물이 날 만큼 좋았던 것이다.

엊그제 제주에서 택배상자가 도착했다. 아버지가 쌍둥이 먹이라고 갈치를 잔뜩 보내신 거였다. 내가 난임으로 오랜 기간 고생할 때 아버지는 그렇게나 안타까워했다. 이제는 부쩍 큰 쌍둥이가 "하부지~"

하고 부르기만 해도 아버지의 눈에 그렁그렁 눈물이 맺힌다. 그 쌍둥이 먹이라고 하루가 멀다 하고 제주에서 택배가 도착한다.

"아빠, 비싼 금갈치를 이렇게나 많이 보내셨어요?"

"김서방이랑 둥이랑 구워도 먹고, 무 넣어 조림도 해먹고, 호박 넣어 국도 끓여 먹어라."

"네, 잘 먹을게요. 고마워요, 아빠."

칠순이 가까운 나이에도 자식들 먹일 생각뿐인 나의 아버지. 자식들이 좋아하는 음식은 어떻게든 공수해서 입에 넣어주시지만, 욱하는 성미도 여전해서 애써 얻은 점수를 잔뜩 깎아먹는 나의 아버지. 지금도 아버지는 별다른 표현을 하지 않는다. 무뚝뚝한 부녀는 오랜만에 만나도 대화는 별로 없다. 그래도 이제 나는 안다. 아버지의 사랑을, 아버지의 노고를.

탈 타러 가자

산딸기와 유릅

－
세상에, 저렇게 잘 먹는걸.
할아버지가 고생하며
따온 보람이 있네!
－

얼마 전부터 『산딸기 크림봉봉』이라는 그림책을 꼬맹이들과 읽고 있다. 먼 옛날 영국과 미국에서 산딸기즙에 크림을 섞어 만든 디저트에 관한 이야기인데 아이들이 이 책을 정말 좋아한다. 바로 산딸기에 얽힌 각별한 추억 때문이다.

"나도 얘처럼 산딸기로 크림봉봉 만들어서 먹고 싶다."

"우리도 봄에 제주 하부지가 산딸기 마~~니 따줬잖아~."

"재이야! 우리 하부지한테 전화해서 산딸기 또 따달라고 할까?"

봄꽃이 만발했던 지난 5월, 온 가족이 제주에 내려갔다. 현관에 들어서자마자 눈치 빠른 재이가 뭔가를 발견했는지 거실 테이블로 쏜살같이 달려갔다. 큼지막한 스테인리스 볼 안에 빨간 산딸기가 가득 담겨 있었다.

"애들이 산딸기 사달라는 걸 민희가 비싸서 안 샀다고 네 아빠에게 얘기했더니, 저기 광령리까지 가서 이만큼이나 따오셨단다. 복장을 제대로 안 갖추고 가서 풀독까지 올랐어."

봄의 제주는 곳곳이 산딸기로 가득하다. 서울의 마트에도 산딸기가 보이던데 비싼 돈을 주고 사 먹으려니 왠지 아까웠다. 그걸 전해 들은 아버지가 제주에 오는 손녀들을 위해 산딸기 채집에 나섰던 것. 한낮 제주의 태양은 따갑다 못해 살갗이 아릴 정도다. 3킬로그램은 됨직한 이 많은 산딸기를 따기 위해 아버지는 대체 얼마나 고생한 걸까? 가시덤불을 헤치다 풀독이 올라 두드러기까지 났다니, 손녀들을 향한 아버지의 마음에 가슴이 찡하게 울렸다.

꼬맹이들은 고사리손으로 산딸기를 쥐기 무섭게 입으로 가져갔다.

"세상에, 저렇게 잘 먹는 걸. 할아버지가 고생하며 따온 보람이 있네!"

엄마는 잘 먹는 아이들을 흐뭇한 눈으로 쳐다봤다. 때마침 목욕 다녀오신 아버지가 막 집에 들어섰다.

"아빠, 저희 왔어요. 산딸기 따느라

엄청 고생하셨네요!"

"잘 내려왔냐? 어이쿠 이 녀석들, 산딸기 먹느라 할아버지는 쳐다보지도 않는구나!"

그제야 꼬맹이들이 고개를 들어 할아버지에게 달려갔다. 둘의 입 주변이 빨갛게 물들어 있는 모습에 모두가 웃음을 터뜨렸다.

이튿날 꼬맹이들과 산딸기가 있다는 동네 숲으로 가기로 했다. 우거진 수풀 사이로 산딸기의 붉은 알알이 영롱하게 빛났다. 아이들이 흥분한 목소리로 "산딸기다!" 소리치며 달려갔다. 마트에서 상자에 포장된 산딸기만 보던 아이들은 나무에 달려 있는 산딸기 열매가 신기한 모양이다. 군데군데 가시가 있으니 조심하라고 말하기도 전에 재아가 잽싸게 조막손을 놀려 산딸기를 움켜쥐었다. 재아는 톡톡 따자마자 입안에 넣었다.

"엄마, 이 산딸기 먹어봐."

재이가 건넨 산딸기는 알맹이가 큰 데다 빨갛게 잘 익어 맛있어 보였다. 산딸기를 입안에 가만히 머금고 혀끝으로 톡 터뜨려보았다. 유년 시절 맛본 향긋하고 신선한 단맛이 입안 가득 번져나갔다.

———

어린 시절, 봄이 되면 아버지는 "탈 타러 가자"며 한라산 중산간으로 우리를 이끌었다. 고사리 장마가 그친 한낮, 공기는 봄답게 따뜻하고 숲속의 초목에선 재잘대는 산새 소리가 들려왔다. 덤불을 헤치고 들어간 숲에는 습기를 머금은 붉은 열매가 반짝반짝 빛나고 있었다.

"여기, 붉은 알알이 하나하나 보이는 게 탈이야. 따서 먹어보렴."

나무에서 갓 딴 산딸기는 놀랄 만큼 달고 맛있었다. 하나씩 먹다가 감질이 나서 여러 개를 한꺼번에 입안에 넣었다. 산딸기나무는 보통 가시덤불과 함께 있기 때문에 조심하지 않으면 가시에 찔릴 수도 있다. 그러나 그 수고로움을 기꺼이 감수할 만큼 야생에서 맛보는 산딸기는 각별하다.

제주에서는 산딸기를 '탈'이라 부른다. 봄이면 제주의 숲 곳곳에서 쉽게 탈을 볼 수 있다. 산딸기는 주로 4월에 꽃이 피고 5월에 열매가 익는다. 제주의 봄 햇살에 싸여 선명한 빨강으로 빛나는 산딸기들은 앙증맞고 아름답다. 부모님은 바삐 손을 놀려 준비해 간 바구니 가득 산딸기를 땄다. 그 산딸기로 잼을 만들기도 하고, 손으로 조물조물 으깨 얼려뒀다 더운 여름에 주스를 만들어 시원하게 마시기도 했다.

산딸기뿐 아니라 제주에서는 자연에서 얻을 수 있는 디저트가 제법 존재한다. 산딸기가 봄의 상큼함이라면, '유름'은 가을의 달콤함이다. 매해 추석 아버지의 고향인 서귀포시로 향하다 안덕면이라는 표시가 보이면 아버지는 차의 속도를 차츰 줄였다.

"이쯤 어디였는데 말이지……."

구불구불 이어지는 길의 끝자락에 아버지는 차를 댔다. 차에서 내린 아버지는 잘 닦인 구두도 신경쓰지 않고 수풀을 마구 헤치며 날렵하게 몸을 옮겼다. 잠시 후 아버지가 함박웃음을 하고 나타났다. 손

한데 모여 앉아, 식구

에는 뭔가를 쥐고.

"자 이거, 먹어봐라."

아버지의 손에는 거무스름한 외피가 축 늘어진 바나나 모양의 열매가 있었다. 엄지손가락으로 가운데 껍질을 눌러 속을 열어보니 기다란 까만 씨가 보였다. 손으로 훑어먹으니 달콤하면서도 부드러운, 담백한 맛이 났다.

"아빠 어렸을 때 학교에 가려면 이 숲을 지나쳐야 했어. 숲에는 머루, 오디도 있었지만 가을이면 이 유름 따먹는 재미가 정말 쏠쏠했단다. 친구들이랑 각자 유름을 점 찍어두고 오늘은 얼마나 익었나 매일 확인하다가 마침내 껍질이 거무스름해지면서 알맹이가 보이면 따먹었는데 어찌나 달고 맛있던지……. 저기는 도로가 났지만 여기는 숲 그대로라 혹시나 해서 와봤는데 유름 덩굴이 그대로 있네!"

바나나는 너무나 귀해서 아주 잘사는 집 아이들이나 일 년에 한두 개 먹던 시절, 유름은 가을철 제주 아이들에게 소중한 간식거리였다. 유름은 으름덩굴의 열매를 가리키는 것으로, 제주에서는 으름, 졸갱이 등 다양한 이름으로 불린다. 습기가 많은 산골짜기에서 다른 나무나 돌담을 휘감고 자라는 으름덩굴은 단단한 덩굴로는 바구니를 만들고, 열매는 달콤한 간식으로 먹고, 씨앗은 기름을 짜서 불을 밝히는 데 썼다고 한다.

추석 무렵은 유름이 익어갈 시기라 아버지는 안덕면의 숲에 이르면 차를 세웠다. 그런데 같은 시기여도 해마다 유름이 잘 익는 정도는 제각각이었다. 가끔 운 좋은 날, 유름이 아주 잘 익어 절로 벌어진 껍질 속에 까만 씨가 선명히 드러날 때면 온 가족이 유름을 맛보았다. 모두가 입가를 까맣게 물들이며 얼마 되지도 않는 유름을 맛있게 먹던 기억. 다시 돌아갈 수 없기에 더없이 소중하게 다가온다.

제주에 머무는 일주일 동안 아침에 일어나 거실로 나와보면 테이블에 산딸기가 놓여 있었다. 모두가 아직 꿈속에 빠져 있던 새벽, 아버지가 숲에 나가 산딸기를 따고 온 것. 참 신기한 게 산딸기는 자고 일어나면 새로 빨갛게 열린다. 어떤 날은 아침에 딴 자리에 오후 늦게 가보면 또 새롭게 열매가 올라와 있기도 한다. 무궁무진하게 열매를 내어주는 제주의 자연과 할아버지의 사랑 덕에 꼬맹이들은 오늘도 배불리 산딸기를 먹는다. 고작 네 살짜리들이 그 봄을 기억이나 할까 싶지만, 두 계절 지나 동화책을 읽으며 할아버지가 따줬던 산딸기, 그 달콤했던 기억을 떠올려냈듯 훗날에도 아련하지만 선명한, 아름다운 추억으로 남아 있기를 바란다.

제라진 귤

꼬다마

–
까다롭더라도
끝까지 까보라.
그래야 최고로
맛있는 귤을
맛볼 수 이실거난.
–

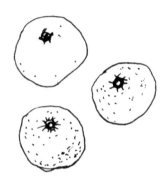

날씨가 추워지면 외가에서 온 가족이 둘러앉아 까먹던 귤이 생각난다. 작고 우둘투둘한 모양에 껍질이 과육에 찰싹 달라붙어 있어 까기 어려운 귤. 하지만 막상 먹어보면 달콤한 과즙이 입안에서 팡팡 튀어 수고로움을 무릅쓰고 자꾸 귤에 손을 뻗게 된다. 긴긴 겨울밤, 바닷바람은 연신 창을 치는데 온돌방은 아늑하고 바구니에는 귤껍질이 계속 쌓여간다.

과수원을 하는 농가가 옹기종기 모여 있는 서귀포시 남원읍. 바다에 인접해 어업으로 생계를 꾸려가는 집도 많았지만 이 마을 사람들의 주업은 감귤농사다. 봄에는 만발한 유채꽃밭을 테왁과 망사리를 짊어진 해녀 무리가 지나가고, 가을에는 귤을 가득 실은 경운기가 마을을 가로지른다.

외조부모님은 남원읍의 대형 과수원에서 노지 감귤을 재배했다. 큰외삼촌도 감귤농사를 지었는데 작목반 선과장(과실을 선별하여 포장하는 장소)도 함께 운영했다. 수확철이면 각 농가의 귤이 선과를 위해 외삼촌네 선과장에 몰려들었다. 그 시기 나는 심심하면 선과장에 들렀다. 노란 '콘테나(감귤 수확 상자)'를 뒤집어 만든 간이 의자에 앉아 파치귤(상품에서 탈락한 귤)을 까먹으며 레일을 타고 거침없이 내려오는 귤을 호기롭게 바라보곤 했다. 사람들의 목소리는 들떠 있었고, 포장된 귤을 실어 나르는 트럭 소리도 쉴 새 없었다. 가을, 마을에는 활기가 넘쳤다.

감귤농가의 일 년은 바삐 흘러갔다. 어렸을 적 일복을 입고 거침없이 앞장서는 할머니를 말끔하게 차려입은 할아버지가 느릿느릿 뒤따르는 모습이 기억난다. 할머니는 천성이 부지런했고, 할아버지는 느긋하고 여유가 넘쳤다. 과수원에서도 나무에 약을 뿌리는 일, 전정(가지를 잘라주는 일), 검질매기 등 고된 일은 할머니가 하고 할아버지는 옆에서 거드는 정도였다. 드라마 「아들과 딸」의 생활력 강한 어머니(정혜선 분)와 중절모에 양복차림으로 '홍도야 우지마라'를 불러대던 아버지(백일섭 분)의 모습이 어린 내 눈에 비친 조부모님의 모습과

흡사하다.

　할아버지는 할머니에게 잔소리를 많이 듣긴 했지만 두 분이 사이는 좋았다. 잔칫집이든 제삿집이든 늘 함께 다녔는데, 우스갯소리를 주고받으며 나란히 걸어가는 뒷모습을 나는 흐뭇한 눈으로 바라보곤 했다. 가끔 할머니가 볼일이 있어 제주시에 위치한 우리 집에서 하룻밤 묵게 되면 할아버지는 언제 오냐고 연신 전화를 걸었다. "하르방은 다 큰 어른이 돼가지고 혼자서는 단 하루도 못 지낸다니까. 그새를 못 참고 저추룩(저렇게) 전화를." 말씀은 이렇게 하면서도 할머니는 채비를 해 할아버지가 기다리는 남원읍으로 바삐 돌아가곤 했다.

　밭이 잠깐 쉬는 겨울 한두 달을 제외하고 봄부터 세밑까지 농촌에서 허투루 쓰이는 시간은 하루도 없었다. 밭에서 재배하는 노지 감귤은 봄에 풀을 뽑고, 꽃을 따고, 약을 치는 것부터 시작된다. 흙에 비료를 주고 뙤약볕 아래서 그 사이 자라난 풀을 뽑고 또 뽑고…… 연일 잡초와 사투를 벌이는 조부모님의 모습을 보면서 질기디질긴 잡초의 생명력에 어린 나조차 넌더리를 냈다.

———

감귤은 품종에 따라 수확시기가 달랐다. 다 익은 극조생을 9월 말부터 거둬들이기 시작해 조생, 만생 순으로 수확했다. 외가에서는 주로 조생을 취급했는데 11월 전후로 수확에 들어갔다. 수확철에는 손이 많이 필요했다. 엄마도 외가로 내려가 일손을 보탰는데, 주로 식사 담당이었다. 일하는 중간에 먹는 음식이라 든든하면서도 소화가 잘 되어야 했다. 우영팟에서 딴 호박잎을 살짝 찐 후 찰밥에 감싸 만든 주먹밥, 메밀가루에 고구마를 섞어 만든 메밀범벅, 시원한 보리차를 담은 주전자도 잊지 않았다. 고레에다 히로카즈의 영화 「원더풀 라이프」에서 한 할머니가 인생에서 가장 행복한 순간을 부모님과 숲에서 주먹밥을 먹던 어린 시절로 꼽았던 것처럼, 오전 내내 귤을 따고 과수원에서 찰주먹밥을 먹던 기억은 내게도 매우 소중하다.

하루는 점심식사를 마친 할아버지가 나를 과수원 끄트머리 감귤나무로 데리고 갔다. 할아버지는 감귤에게 말을 걸 듯 한참을 응시하더니 긴 팔을 뻗어 껍질이 갈라지고 못생긴 귤 하나를 따셨다.

"먹어보거라."

"네? 이걸요?"

할아버지는 입가에 미소를 지으며 고개를 끄덕였다.

"저기 크고 잘생긴 귤들도 많은데 왜 하필 제일 작고 못생긴 걸 주세요?"

외할아버지는 싱긋 웃으시더니 말을 이었다.

"모양은 이래도 이게 제라진(제대로인) 귤이라. 할아버지 말 듣고 한번 먹어보라."

껍질을 벗겨보려는데 쉽지 않았다. 손가락을 세심하게 놀리며 힘을 주어도 귤껍질이 길게 이어지지 않고 자꾸만 끊겼다.

한데 모여 앉아, 식구

"여러 가지로 까다롭네요."

"까다롭더라도 끝까지 까보라. 그래야 최고로 맛있는 귤을 맛볼 수이실거난."

낑낑대며 겨우 껍질을 다 벗긴 귤을 한입에 넣어봤다. 얼마 지나지 않아 달콤한 과즙이 입안에 확 퍼지며 정신이 아득해졌다. 그렇게 달콤한 귤은 처음이었다.

"오, 정말 맛있어요, 할아버지."

입안에 귤 향을 가득 머금은 채 할아버지의 얼굴을 바라봤다.

"크기가 작고 모양이 영허영 상품에서 벗어났지만 사실 가장 맛준 귤이 바로 이 꼬다마주."

꼬다마. 못생겼는데 맛있는 귤. 이전까지만 해도 주황색이 반짝이고 틀어짐 없이 동그란 게 진정 맛있는 귤이라 여겨왔다. 그런데 작고, 뒤틀리고, 껍질에 실 같은 게 얽인, 구멍이 뽕뽕 나 있는 귤이 '제라진 귤'이라는 걸 그때 알았다. 상품에서 탈락했지만 진짜배기 귤, 꼬다마. 나는 외양은 좀 못하지만 제 역할을 톡톡히 해내는 꼬다마를 대견한 듯 바라보았다.

외가가 귤집이니 수확기 무렵부터 우리 집은 귤 천지였다. 가을이 되어 정신을 차리고 보면 창고와 냉장고에 귤이 가득 쌓여 있었다. 다 먹기도 전에 외가에서 또 귤이 올라와 겨울까지 정말 물리도록 먹었다. 귤이 간절해지고, 귤을 그리워할 일은 결코 없을 것이라 생각했다. 그러나 삶은 참으로 알 수 없다. 내가 고등학교 2학년 되던 해지병으로 할아버지가 먼저 세상을 등졌고, 수개월 후 할머니가 불의의 의료사고로 할아버지를 따라가셨다.

눈을 감으면 아직도 외가에서의 행복했던 한때가 생생하게 떠오른다. 가을이면 할아버지가 좋아하는 단감을 사 들고 외가에 갔던 기억, 식사 때가 되면 사랑방에 큰 상이 들어오고 다 같이 둘러앉아 밥을 먹던 기억, 따뜻한 온돌에서 꼬다마를 까먹으며 재잘대던 우리들, 기분 좋게 단감을 드시던 할아버지의 옆얼굴. 그리고 가로 창살이 박힌 창 너머로 보이던 제주의 까만 밤과 반짝이는 작은 별들. 이대로 시간이 멈추고 평화로운 풍경이 언제까지고 계속되었으면 좋겠다고 생각했다.

다시 가을이다. 이 계절이 되면 필연적으로 그 시절의 귤을 떠올릴 수밖에 없다. 서울에서는 어떤 귤을 사 먹어도 그 맛이 나지 않는다. 왁스 작업이 빡쎄게(!) 되어 겉은 반질거리지만 맛은 글쎄인 서울에서 사 먹는 귤은 어린 시절의 감동을 자아내기에 늘 역부족이다. 올해는 제주에 내려가 내 손으로 꼬다마를 찾아볼까 한다. "모양은 이래도 이게 제라진 귤이여." 할아버지가 처음 내게 알려줬던 맛. 추억 속 꼬다마의 맛을 올가을 꼭 다시 맛보고 싶다.

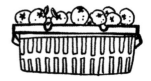

골고루 한 접시에,
하나씩

식개 음식

—
아이들은
펼쳐놓은 멍석에
드러누워 노닥거리며
제사를 기다렸다.
—

우리 집 문턱은 높지 않다. 정이 많고 이웃과 어울리기 좋아하는 엄마의 성격 덕분에 또래 아주머니들부터 일흔 넘은 할머니들까지 우리 집을 그냥 지나치지 못하고 자주 집에 놀러 왔다. 어른들은 '모닝믹스 커피' 한 잔을 달게 드시면서 이런저런 이야기를 나눴다. 어릴 적부터 어른들의 대화를 듣기 좋아했던 나는 방에 있다가도 누군가 들어오는 기척이 느껴지면 인사를 드리는 척 밖으로 나와 자연스럽게 곁에 자리잡았다.

하루는 옆집 포목 할머니가 아침부터 우리 집에 찾아왔다. 오일장에서 포목점을 하는 할머니였는데 장이 쉬는 날이면 곧잘 우리 집에 걸음하셨다. 때마침 뒷집 아주머니도 커피타임에 맞춰 집 안으로 들어섰다.

"지난번 민희 엄마 김치 준 것도 고맙고 해서 이거 같이들 먹잰 가져완."

"어머 삼춘 어디 식개여수꽈?"

"어, 우리 알녁집(아랫집)이 어제 식개였주게. 장 다녀오난 몸이 노곤허영 아들 편에 쌀만 한 되 보내신디 식개 퇴물을 보내와서라."

포목 할머니가 가져온 작은 플라스틱 도시락 안에는 다양한 음식이 옹기종기 들어 있었다. 돼지고기적 한 꼬치, 마른두부 한 점, 생선전 두어 개, 송편 서너 개가 탐스러운 모습으로 반짝거렸다. 어른들은 소풍 도시락을 열어보는 아이들처럼 들뜬 얼굴이었다.

"삼춘, 지금도 맛 좋지만 우리 어릴 때야 이 반이 오죽이나 맛좋아나수꽈예?"

"경허고 말고. 친척집 식개가 돌아오면 며칠 전부터 반 받아먹을 생각에 잠을 설칠 정도였주."

"동네 집이 식개 하고 다음날 반 안태우민 잘도 섭섭해예?"

"난 예전에 반 못 받으난 울기까지 해서."

"경까지 핸만씸? 아이고 이 삼춘도."

한데 모여 앉아, 식구

어른들은 뒤로 넘어갈 듯 자지러지게 웃었다.

———

제사를 제주어로는 '식개'라고 한다. 한자어 '食皆'에서 왔다는 설이 가장 그럴듯하게 들리는데, '밥 식' 자에 '다 개' 자로 제삿날 영혼과 자손들이 다 같이 음식을 먹는 데서 유래됐다고 한다. 이 한자어를 입말로 옮기는 과정에서 동네마다 식개, 식게, 식깨, 식께, 시깨, 시께 등으로 다르게 불렀다. 부르는 이름은 제각각이어도 모두 제사를 가리키는 말이다.

먹을 것이 귀했던 제주 전통사회에서 식개는 아이들이 간절하게 기다리는 의례였다. 제사를 마치고 다 같이 나누어 먹는 식개 음식 때문이었는데, 평소에 먹기 힘든 귀한 음식들인데다 늦은 밤에 먹는 맛있는 '야식'이었기에 인기 만점이었다. 특히 곤밥이나 돼지고기, 떡, 청묵(메밀묵) 등은 일상 음식으로는 먹을 기회가 거의 없었고, 식개나 명절 같은 의례가 있을 때나 한두 번 맛볼 수 있었다. 많은 양은 아니었지만 귀하고 맛있었기에 어른, 아이 할 것 없이 친척집 제사에 참여했고, 제사에 가는 일을 당연하게 여겼다.

제사를 주관하는 집에서는 오전부터 마당에 드넓게 멍석을 깔아두었다. 일가친척 어머니들은 그날만은 밭일을 쉬고 아침부터 삼삼오오 모여 함께 음식을 준비했다. 저녁 시간이 되면 엄마를 쫓아 아이들도 하나둘 들어왔다. 아이들은 펼쳐놓은 멍석에 드러누워 노닥거리며 제사를 기다렸다.

여름에는 왱왱거리는 모기 때문에 여기저기서 손바닥을 부딪치며 모기 잡는 소리가 들려왔다. 찌는 듯한 더위와 쏟아지는 졸음에 힘들 법도 한데 어느 아이 하나 불평하지 않았다. 마침내 자정 무렵 제사가 끝나고, "야 느네들도 이리 왕 반들 하나씩 가져강 먹으라" 하는 큰어머니의 말에 아이들이 재깍 일어나 달려갔다.

아이가 받아온 알루미늄 접시 위에는 돼지고기 한 점, 메밀묵 한 점, 절변(절편, 멥쌀가루를 익반죽해 삶은 뒤 다시 반죽하여 동그랗게 빚은 후 두 개를 합쳐 떡본에 찍어낸 떡) 한 개, 솔변(멥쌀가루를 반죽해 반달 모양으로 찍은 다음 솔잎을 깔고 찌는 떡) 한 개, 생선 한 조각, 자그마한 귤 한 개가 들어 있었다. 돼지고기부터 얼른 손으로 집어 입에 넣는데 그 얄팍한 고기 한 점이 그렇게도 맛있을 수가 없다. 밤은 깊어가는데 소곤거리는 대화는 그칠 줄 모르고, 음식을 먹는 입들도 쉴 줄을 모른다.

손님들이 식사를 마쳐갈 즈음 마루에선 '반 태울' 준비에 손이 바빠진다.

"영희 어멍아, 윗집 할머니 떡반이랑 고기반 하나 얼른 쌍 그 옆집 순효어멍 편으로 어여 보내불라."

"어머니, 서녁집 아저씨도 할망나시 식개반 하나만 얼른 달랜 햄수다."

"기여. 재기재기 쌍 반들 얼른 태워불라. 빠지지 말게 다 보내불라 이? 말 나오지 않게."

한데 모여 앉아, 식구

제사가 끝나 음복할 때 참석한 모든 사람에게 밥과 국, '반'을 하나씩 나눠준다. 반은 그날 제사상에 오른 음식 중에 돼지고기적, 떡, 전, 과일 등을 조금씩 놓은 1인 접시를 말한다. 남녀노소 구분하지 않고 평등하게 음식을 나눠준다.

제주에는 그 반을 제사가 끝나고 여러 집에 나눠주는 풍습도 있었다. 이 행위를 '반을 나누다' '반을 태우다'라고 표현했다. 식개가 끝나고 상에 올린 음식을 적은 양이나마 고루 나눠 담았다. 식개 때 찾아온 친척 어르신에게 봉지에 싼 '반'을 손에 쥐여 보내기도 하고, 친척이 아니더라도 한 마을에 거주하는 연로한 어르신들께는 꼭 고깃반을 전달했다. 제사가 끝난 새벽, 동네를 한 바퀴 돌면서 차롱(음식을 담아두거나 운반할 때 사용하던 대나무 그릇) 안에 돼지고기적, 과일, 떡을 담고 나이 많은 어른들께 전달했다. 주는 사람이나 받는 사람이나 그렇게 마음이 좋을 수가 없다.

식개 날 받아온 반은 다음날 아주 요긴하게 사용됐다. 집에서 아이들이 먹기도 했지만, 밭일할 때 가지고 가서 새참으로 먹기도 했다. 특히 농번기에는 이 식개 음식이 굉장히 반가웠다. 땡볕에서 한참을 힘들게 일하다 숨 돌릴 겸 중간에 떡반에 물 한 모금을 들이켜면 그렇게 흐뭇할 수가 없었다. 딱히 간식거리가 없던 시골에서는 식개가 그 어떤 행사보다 반가웠다.

모두가 고단하고 힘든 시절이었지만, 제주 사람들은 그 어려움을

십시일반 도우며 이겨나가고자 했다. 식개를 치르려면 무엇보다 음식 준비에 돈이 많이 들었다. 하여 식개집에 방문할 때 차롱에 쌀 한두 되나 솔라니(옥돔) 한 마리, 빙떡을 부조로 가져가 보탰다. 또한 그날은 제삿집에 손을 보태 일을 수월하게 했다. 제사를 주관하는 집에서는 미리 제물부터 준비했다. 귀한 솔라니부터 여러 마리 사서 도정하지 않은 보리나 좁쌀을 보관하는 항아리에 묻어두었다. 돼지고기도 충분히 준비해두고 봄에는 고사리도 많이 따서 말려뒀다. 해녀가 있는 집에서는 식개용으로 해산물을 따서 국에 넣거나 구쟁기적, 뭉게적을 꿰어 손님을 각별하게 대접하기도 했다.

제주의 어머니들이 제사 음식에 그렇게 공을 들였던 것은 넉넉하지 않던 시절, 식개 때만이라도 찾아온 일가친지들에게 맛있는 음식을 대접하기 위해서였다. 정성을 다해 음식을 차리고 그 음식을 빠짐없이 나누기 위해서.

제주의 식개는 단순히 조상의 혼을 기리는 의례가 아닌, 그 시대 사람들의 삶이 녹아 있는 문화인 것이다. 그 안에는 나눔과 온정, 지혜가 은근하고도 짙게 자리잡고 있다. 식개 때 양은 적지만 평등하게 반을 나누던 풍속은 어려웠던 시절 공동체가 함께 사는 지혜를 보여

한데 모여 앉아, 식구

준다. 그 옛날, '식개 반'은 간절함의 산물이자 온정의 발로인 셈이다. 어느 새벽, 한 손에는 초롱을 들고 다른 한 손에는 식개 음식을 고루 담은 봉지를 쥐고서 태우는 '반'은 한 마을을 뭉근하게 데웠다.

4. 육지살이의 나날

흑도새기와의
추억

–
요즘
제주 어느 가정집에
돗통시가 있던가요?
–

고향이 제주라고 하면 데면데면하던 사람들도 눈을 반짝인다. "여름
에 가족들과 제주로 여행 가는데 뭐를 먹어야 할까요?" "요즘 제주는
뭐가 제철이에요? 현지인 맛집 좀 알려주세요!" 직업이 요리 선생인
데다 제주 출신이라니 신뢰가 팍팍 쌓이는 모양이다. 먹거리에 대한
질문이 단연 많은데, 열에 아홉은 이 음식에 대해 물어본다.

　"흑돼지 맛집 좀 추천해주세요~"

　제주의 재래 흑돼지는 유구한 역사만큼 맛도 특별해서 제주하면 가장 먼저 떠오르는 음식인 듯하다. 타 지역 돼지고기에 비해 육질이 고소하고 비계의 식감이 쫄깃해서 굽든 삶든 무조건 맛있다. 흑돼지에 대한 질문을 하도 받으니 이왕이면 좀 그럴듯하게 대답하려고 사전조사를 조금 해봤다.

흑돼지는 아주 오랜 옛날부터 제주에 존재해왔다. 중국의『삼국지 三國志』「위서 동이전魏書 東夷傳」과 1653년 제주 목사 이원진이 편찬한『탐라지耽羅志』등 고문헌에는 천여 년 전부터 제주에서 흑돼지를 길렀다고 쓰여 있다. 18세기 이익의『성호사설星湖僿說』에 따르면 흑돼지라는 이름은 (역시 모두의 예상처럼) 모질이 흑색이라 부르게 되었다고 한다.

흑돼지는 일반 돼지에 비해 체구는 작지만 육질이 단단하다. 환경의 영향이 큰 까닭인데, 섬의 해양성 기후와 거센 바람 등 척박한 풍토에 오랜 세월 적응하며 질병 저항성이 강해진 것이다. 그 결과 육지 돼지와 구별되는 튼튼한 형질이 되었다. 문헌에 기초한 친절한 설명 끝에는, "결국 이런 과정을 거쳐 제주 흑돼지의 육질이 더 단단해져 맛있어진 게 아닌가 생각해요"라는 나의 의견을 덧붙인다.

흑돼지와 관련해서는 불과 10여 년 전만 해도 농담 반 진담 반 이런 질문도 심심치 않게 받았다.

"제주도에선 화장실에 볼일을 보러 가면 정말 돼지가 있나요?"

일곱 살 때인가, 시골 친척집에 갔다가 돗통시(돼지우리와 변소가 결합된 공간)를 경험했던 적이 한 번 있긴 하다. 높지 않은 돌계단 위 자그마한 공간에 재래식 변기 하나가 걸쳐져 있고, 그 야외 변소를 구멍이 숭숭 뚫린 까만 돌담이 둘러싸고 있었다. 그리고 야트막한 돌담 안, 잔뜩 깔린 짚 위에 흑색의 돼지 한 마리가 심드렁한 표정으로 드러누워 있는 것이었다.

돼지를 가까이서 보려고 돌담 쪽으로 다가가자 돼지가 별다른 반응 없이 통시 쪽으로 느릿느릿 걸어갔다. 아마 곧 자신의 '먹이'가 내게서 나오리라 생각했던 거겠지. 요의尿意가 없어서 돗통시를 몸소 경험해보지는 못했지만 돗(돼지)과 통시(화장실)의 결합을 생생하게 목격한 것만으로도 굉장히 특별하고 인상적인 기억으로 남아 있다.

유년 시절을 보낸 1980~90년대 제주는 시골이라 해도 집에서 돼지를 키우는 일이 드물었다. 화장실은 모두 수세식으로 전환된 지 오래고, 농장에서 돼지를 집단으로 사육했기에 돗통시를 보기 어려웠다. 일곱 살 때 돗통시를 경험한 게 나로서는 행운이었다. 그런데도 영상매체에서는 어김없이 제주를 묘사할 때 돗통시를 줄곧 그려내 제주는 늘 오해를 받곤 한다.

불과 서너 해 전에도 한 영화에 돗통시가 등장했다. 제주에 사는 할머니와 어린 손녀의 이야기를 다룬 현대극이었다. 손녀가 밤에 잠을 자다가 오줌을 누러 돗통시에 갔다가 어기적어기적 달려드는 흑도새기에 혼비백산하는 장면이 상영관을 가득 채웠다. 영화를 만든 분에게 묻고 싶었다. "2000년대 제주 어느 가정집에 돗통시가 있던가요?" 또 이렇게 오해가 늘겠군, 괜스레 씁쓸해졌다.

예부터 돼지는 친숙한 동물이다. 소는 워낙 값나가는 가축이라 보기도 힘들었고, 먹는 것은 정말이지 아주 특별한 날에나 가능했다. 그러나 돼지는 집에서 키우기도 하고 제주의 상징처럼 오랜 시간 제주 사람들과 생활한 동물이다보니 돼지고기를 이용한 음식이 오래전부터 발달했다. 돼지의 피와 내장을 이용한 순대, 돼지를 삶은 육수로 만드는 몸국과 접짝뼈국, 어린 돼지를 날로 곱게 다져 양념한 돗새끼회, 그리고 돼지고기를 푹 삶아 만드는 돔베고기와 고기국수 등이 그렇다.

제주 곳곳에는 작은 나무도마 위에 돼지고기 수육을 올려 파는 '돔베고기' 식당들이 많다. 돔베는 제주어로 도마를 말한다. 푹 삶은 돼지고기를 돔베 위에서 썰어 접시에 옮기지 않고 바로 상에 내는 제주의 향토음식이다. 그런데 전통적인 제주의 돔베 모양은 지금과는 사뭇 다르다. 음식을 올려놓고 썬다는 의미는 같지만 과거의 돔베는 기다란 다리가 달린 직사각 형태의 나무상이었다. 고기도 지금처럼 정육점에서 사 온 삼겹살이 아닌 '추렴'을 통해 얻은 제주 돼지를 삶아냈다.

고기가 귀하던 시절, 제주에서는 명절을 앞두고 마을 남자들이 모여 돼지를 잡는 '돗추렴豚出斂'을 했다. 추렴은 제주만의 고유문화인데 여러 명이 돈을 모아 소나 돼지를 한 마리 사서 도축하고 공평하게 나누는 일을 말한다.

육지살이의 나날

추렴한 돼지는 명절에 쓸 양만 따로 저장해두고 나머지는 즉석에서 삶았다. 갓 삶은 흑돼지를 돔베에 올려 그 자리에서 썰고, 멜젓이나 초간장이 담긴 종재기를 올린 게 바로 돔베고기의 원형이다. 솥에서 갓 나온 돼지고기는 육즙이 온전히 보존되어 씹을수록 맛이 깊고 은은한 단맛이 배어나왔다. 고기가 워낙 귀했던 시절이라 배불리 먹을 수는 없었지만, 온 식구가 서너 점씩 달게 나눠먹는 정겨움이 있었다.

시대의 흐름에 따라 돔베고기도 옷을 갈아입었다. 돼지고기 삼겹살 부위를 된장을 푼 물에서 푹 삶아내 도마에 썰어내기도 하지만 보통 접시에 담아낸다. 제주의 돔베고기는 육지에서 흔히 먹는 보쌈의 수육과도 조금 다르다. 돼지고기를 더 오래 삶아 기름기를 쪽 빼 식감이 쫄깃하고 탱글탱글하다. 찍어 먹는 소스로 멜젓이 나오지만 굵은소금 두어 톨만 톡 찍어도 제주 돼지 본연의 맛을 즐기기에 충분하다. 물론 멜젓에 푹 담가 먹으면 그 또한 제주스러운 베지근한 맛이 듬뿍 배어 기분 좋게 먹을 수 있다.

어렸을 적 때를 잘 맞춰 시골에 가면 드물게 추렴한 돼지고기를 먹을 수 있었다. 잘 자란 검은 도새기 한 마리 잡아 추렴하면 마을의 이웃들이 십시일반으로 고기를 나눴다. 그 고기를 가마솥에 푹 삶아 건더기는 건져서 돔베고기로 먹고, 육수로는 몸국을 끓여 영양 보충을 했다. 이제 추렴은 아련한 추억이 되어버렸지만, 제주의 흑돼지는 명맥을 유지하며 독보적인 맛으로 여전히 사랑받고 있다.

시대와 상황에 따라 사육방식과 만드는 과정은 달라졌지만 전통이 이어지며 제주 사람들은 물론 국내외 방문객들에게 최고의 제주 음식으로 칭송받는 흑돼지. 그렇게 맛의 클래식이 완성되는 건 아닐까.

맹질
먹으러 가자

–
일은 많았지만
먹거리는 늘 부족했던 제주,
그런 팍팍한 일상의
단비 같은 명절.
–

제주에서 명절날 꼭 상에 올리는 음식이 있다. 양념한 돼지고기를 꼬치에 꿰어 굽는 돼지고기적이 그것이다. 제주에서는 '적갈'이라고 부른다. 고기가 귀했던 과거부터 지금까지 제주의 중요한 의례에서 빠지지 않는 음식이다.

제주에서는 주요 제례음식을 남녀가 역할을 분담해 함께 만들었다. 남자 어른들이 돗추렴한 고기를 부위별로 손질해 가져오면 집안의 안주인들이 쓰임에 맞게 조리했다. 적갈을 만들 때 이런 역할 분담이 주요했는데, 어머니들이 돼지고기의 삼겹살 부위를 살짝 삶아 내놓으면 아버지들이 손가락 길이로 길쭉하게 잘라 대나무 꼬챙이에 꿨다. 그 고기를 짭조름한 간장양념에 담가뒀다가 꼬치째 화로에 올려 구웠다. 돼지고기의 기름진 뱃살에 숯향이 닿아 지글거리기 시작하면 삽시간에 구수한 냄새가 올라왔다. 어느 집에서 고기적을 굽는다 하면 모락모락 피어오르는 그 냄새를 동네 개들이 먼저 알아차리고 몰려들었다.

앞서 언급했듯이 과거 제주에는 명절을 앞두고 몇몇 집이 비용을 갹출해 돼지를 잡아 나누는 돗추렴이라는 풍속이 있었다. 돗추렴은 평상시에도 할 수 있었지만, 명절에는 제사상에 돼지고기적갈을 반드시 올려야 하기 때문에 설이나 추석을 며칠 앞두고 마을에서 돗추렴하는 풍경을 쉽게 볼 수 있었다.

추렴한 고기는 손질된 형태가 아니었기에 손을 보는 데 품이 많이 들었다. 하지만 싸고 양이 많은 데다 갓 도축한 고기의 맛이 강하게 올라왔다. 힘줄 때문에 씹다보면 살짝 질긴 듯도 하나 그 식감이 외려 고기 다운 맛을 살리고 감칠맛이 풍부했다. 또한 숯불에 그을린 비계가 별나게 맛있어서 적갈을 먹게 되면 우선 비계부터 찾는 사람들이 많았다. 한입 베어 물면 고소하고 기름진 비계의 육즙이 입안 가득 흥건히 고였다. 그 맛이 살짝 태운 간장양념과 어우러지면서 탁월한 맛을 만들어냈다.

명절 제사상에는 고기적갈과 함께 묵적과 상어적도 올랐다. 메밀

육지살이의 나날

가루로 쑨 모멀묵과 두툼한 상어 살을 간장과 참기름에 절여두었다가 꼬치에 꿰어 지진 묵적과 상어적은 부드럽고 삼삼하면서도 입맛을 당겼다. 해녀가 있는 집에서는 직접 따온 구쟁기나 뭉게를 꿰어 적갈로 만들기도 했는데 항시 먹을 수 있는 맛이 아니었기에 명절의 별미로 손꼽혔다.

할머니는 명절을 앞두고 물질을 나가 제수용 구쟁기와 뭉게를 잡아오곤 했다. 구쟁기는 깊은 바다에 들어가 망사리 가득 잡아와도 다 듬어 놓으면 양이 얼마 되지 않는다. 껍데기 속 알맹이만 쏙쏙 빼서 모아봐야 들이는 공에 비해 야속할 정도로 양이 적다. 하지만 간장양념에 재어놓은 구쟁기를 불향을 입혀 노릇노릇하게 구워내면 짭짤하면서도 입맛을 당기는 바다향이 일품이다. 식구 수는 많고 양은 적다보니 상에 오른 구쟁기적이 먹고 싶어도 서로 눈치만 보기 일쑤였는데, 남동생은 적이 담긴 접시에서 구쟁기와 뭉게만 쏙쏙 빼먹어서 걸핏하면 어머니에게 꾸지람을 듣곤 했다. 지금은 맛볼 수 없기에 더 애틋한 명절의 맛이다.

생선이나 고기가 들어간 뭇국과 육해공이 어우러진 적갈, 제주의 상징인 옥돔구이에 밥을 먹다보면 어느새 배가 두둑해진다. 그래도 명절 디저트를 먹을 배는 따로 있다. 보름달 송편과 고소한 기름떡을 먹을 차례다.

보통 송편이라 하면 반달 모양에 꿀이나 깨, 콩가루가 들어간 모습을 떠올리겠지만 제주의 송편은 둥글납작한 보름달 모양이다. 모양이 이런 데는 제주의 자연환경과 관련이 있다. 화산섬인 제주는 물을 가두기 어려운 화산재 토양이라 벼농사가 어려웠다. 쌀이 귀했기에 제주 사람들은 차조나 보리, 콩을 넣은 잡곡밥을 많이 먹었다. 쌀밥은 특별한 날에나 먹을 수 있었고, 쌀가루로 빚는 떡은 정말이지 먹기 힘들었다. 하여 추석 때만이라도 넉넉히 먹자는 의미로 쌀 반죽으로 송편을 둥글고 크게 빚었다는 설이 있다.

송편에 넣는 재료도 남달랐다. 육지에서처럼 꿀에 갠 깨나 노란 콩가루로 소를 만들기도 했지만, '푸른콩'이 들어간 소를 많이 만들었다. '푸른독새기콩'이라고도 불리는 이 콩은 제주에서만 볼 수 있는 토종 종자다. 이 푸른콩은 지역성이 강해서 다른 지역 토양에 심을 경우 콩의 성분이 본래보다 못하는 등 품질이 떨어진다고 한다. 푸른콩으로는 간장이나 된장도 만드는데, 특히 '푸른콩장'은 2013년 '맛의 방주◆'에 한국에서는 가장 먼저 등재되었을 정도로 맛과 우수성을 인정받았다. 이 푸른콩에 설탕을 넉넉히 붓고 졸여 만든 소를 송편에 가득 넣어 둥그렇게 빚은 뒤 쪄낸 송편을 한입 베어 물면 쫄깃한 쌀떡 안에 콩의 푸릇하고 달콤한 향이 입안 가득 퍼지며 정말 맛있다. 보름달 송편은 푸짐하기까지 해서 한두 개만 먹어도 배가 찼지만 여기서 멈출 수는 없다. 아무리 배가 불러도 '최애' 기름떡은 최소

           육지살이의 나날

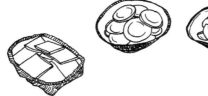

두 개 정도 먹어줘야 한다.

기름떡은 찹쌀가루와 설탕, 식용유만 있으면 쉽게 만들 수 있다. 익반죽한 찹쌀반죽을 납작하게 편 후 별 모양의 틀로 찍어 기름에 지진 후 설탕을 솔솔 뿌리면 끝. 기름에 튀기듯이 지져내기에 겉은 바삭한데 안은 쫄깃하고, 기름에 녹은 설탕이 떡 표면에 코팅되어 먹다 보면 콧노래가 절로 난다. 갓 지졌을 때가 가장 맛있지만 식은 기름떡을 다음날 데워먹어도 맛있다. 할머니는 하루 지난 기름떡을 다시 프라이팬에 올려 구워줬다. 기름떡 대여섯 개를 프라이팬에 올리면 찹쌀떡이 녹아 한 덩어리가 되었는데 포크로 그 기름떡을 쭉쭉 늘리며 먹는 재미가 쏠쏠했다.

제주에서는 명절(맹질/ 멩질)을 '지낸다' '쉰다'로 표현하지 않고 '먹는다'고 한다. 명절뿐 아니라 과거부터 '식개(제사) 먹으러 가자' '잔치(결혼식) 먹으러 가자'라는 말을 써왔다. 척박한 환경 탓에 과거 제주에는 먹을 것이 귀했다. 육지에서는 한 해 동안 농사 지은 햇곡식과 햇과일을 수확해 풍성한 가을을 맞이했던 반면, 제주는 논농사를 지을 수 없는 환경 탓에 일 년 내내 밭농사를 짓고 겨울에도 말과 소

먹일 촐(꼴)을 베러 다녀야 했다. 이렇듯 제주도민들은 쉴 틈 없이 일했지만 먹거리는 늘 부족했다. 그런 팍팍한 일상의 단비 같은 날이 바로 명절이었다. 일가친척이 한데 모여 넉넉하게 음식을 나눠 먹는 명절이 제주인의 삶에 얼마나 소중한지, 또 많은 사람들이 그날만을 얼마나 손꼽아 기다려왔는지 엿보게 된다.

요즘은 지천에 먹을 것이 넘치다보니 명절이라 하여 대대적으로 상을 차리지 않는다. 우리 아이들에게 명절이란 그저 가족들이 모여 밥 한 끼 먹는 날로 기억될지도 모르겠다. 그러던 중 추석을 앞두고 엄마와 통화를 하는데 엄마가 내게 이렇게 물었다. "추석에 맹질 먹으러 제주도 올 거냐?" 그래, 제주 사람들에게 명절은 21세기에도 '먹는 것'이다. 올 명절에는 우리 아이들에게 이렇게 한번 말해볼까 싶다. "맹질 먹으러 제주에 가자!"

◆ 맛의 방주

비영리 국제기구인 슬로푸드에서는 1996년부터 각국의 전통음식과 문화를 보전하기 위해 '맛의 방주(Ark of Taste)'라는 음식 보호 제도를 만들어 멸종 위기에 놓인 전통 먹거리 종자나 향토 식품을 찾아 목록을 만들고 있다. 획일화되고 자극적인 현대 음식 문화에 밀려 소멸 위기에 처한 '지역의 맛'을 보전하기 위한 노력이다. '맛의 방주'에 오르는 품목은 특징적인 맛을 보이며, 특정 지역의 환경·사회·경제·역사와 연결되면서도 사라질 위기에 놓인 것들이다.

전 세계에서 2715개, 한국에서는 47개가 이름을 올렸다. 한국에서 맛의 방주에 가장 먼저 이름을 올린 음식이 바로 제주의 '푸른콩장'이다. 이후 제주 흑우, 꿩엿, 쉰다리, 제주 재래돼지, 고사리육개장 등 현재까지 14개의 음식과 식자재가 등재되었다. 이는 제주의 청정 환경에 어우러지는 제주의 음식문화를 세계가 주목했다고 봐도 무방하다. 먹는 것이 곧 지역공동체의 역사와 문화를 대변하기 때문이다.

육지살이의 나날

한라산 소주는
종재기에

소주

—
어떤 사람에게
잘 어울리는 그만의
옷이 있듯이,
같은 술이라도
잔에 따라 맛이 달라진다.
—

"유리잔은 늘 8온스짜리 텀블러를 사용한다. 손에 쥐는 느낌이 마음에 들고, 한 잔 다 마실 즈음 얼음이 적당히 녹아서 묽어지는 점이 좋다. 이보다 크면 다 마실 때쯤에는 얼음이 녹아서 너무 싱거워진다. 반대로 작으면 금방 다 마셔버려서 자꾸 만들어야 하니 번거롭다."

먹보 애주가 마키노 이사오의 음식 탐구 생활을 담은 『오로지 먹는 생각』의 한 구절이다. 진정한 애주가는 술을 담는 잔에도 이렇게 마음을 쓴다. 마키노씨만큼은 아니지만 나도 술잔에 애착을 갖고 있다.

우리 집 그릇장에는 술잔만 모아둔 칸이 따로 있다. 높이 15센티미터, 지름 6센티미터의 좁고 기다란 유리잔은 한입에 털어먹는 맥주용이다. 남대문시장에서 이 잔을 처음 발견했을 때 '여기에 차가운 맥주를 찰랑찰랑 부어 먹으면 맛있겠다'고 생각했다. 국산 제품에 잔의 두께가 얇고 무엇보다 한 손에 착 감기는 그립감이 좋다. 테이블에 잔을 세워봤더니 수평도 잘 맞아서 속으로 쾌재를 불렀다. 짐짓 태연한 표정으로 가격을 물었는데 믿지 못할 만큼 가격도 저렴했다. 무려 여덟 개나 사 들고 왔는데 결과적으로 잘한 선택이었다. 친구들을 초대해 이 잔에 맥주를 주면 "맥주가 유난히 맛있다"며 단숨에 들이켜다가 궁극에는 잔을 탐내기도 했다.

파리 여행 중 의외의 장소에서 맘에 드는 술잔을 발견한 적도 있다. 숙소 맞은편 인테리어숍 유리창에 'Clearance Sale'이라는 알림이 대문짝만 하게 붙어 있었다. 가게에 붙은 '점포정리'라는 단어만큼 매력적인 문구가 또 있을까? 거실용 대형 러그, 원목 테이블과 의자, 액자와 화병 등 질 좋은 물건들이 좋은 가격에 판매되고 있으나 그것들을 데려가기에 한국은 너무 멀었다. 코너를 돌다 발걸음을 멈췄다. 직사각 형태의 유리 받침 위에 손잡이가 있는 은색의 빈티지 잔 여섯 개가 가지런히 놓여 있는 모습이 눈길을 끌었다. 찻잔 구경을 하는 내 곁으로 어느새 바짝 다가선 주인은 "에스프레소 잔입니다. 좋은 취향을 가지셨네요"라고 말했지만 사실 내가 염두에 둔 쓰임은 따로 있었다. 현재 이 '에스프레소잔'은 우리 집에서 '능이주'

육지살이의 나날

를 기울일 때 사용한다.

술의 산지에 맞게 잔을 준비하기도 한다. 스테이크를 구울 땐 아끼는 잘토 보르도 잔을 꺼내 레드와인을 따른다. 일본의 소고기감자조림인 니쿠자가를 만들 때는 사케용 도쿠리와 사기잔을 준비한다. 제주 홍해삼무침을 만들 때는 차갑게 냉장해둔 한라산소주 한 병을 꺼내와 '종재기'에 꼴꼴꼴꼴 따른다.

종재기는 제주 방언으로 작은 그릇을 뜻한다. 제주에는 종재기를 엎어놓은 모습과 닮았다 하여 '종재기악'이라는 이름의 오름이 있을 정도로 제주인들에게 종재기는 매우 익숙한 말이다. 이 흔하디흔한 종재기가 어렸을 적부터 왠지 좋았다. 질박한 외양은 고상해 보였고, 일반 밥그릇의 미니어처 같은 모습은 앙증맞고 귀여웠다.

우리 집에서는 이 종재기를 소주를 마실 때 애용한다. 가볍지도, 무겁지도 않은 적당한 무게감과 한 손에 쏙 들어오는 느낌이 좋고, 두어 번에 꺾어 마실 수 있는 잔의 크기가 흡족하다. 그런데 종재기는 술잔뿐 아니라 쓰임이 매우 다양한 '신스틸러'다.

———

어린 시절, 명절이나 경조사가 있는 날 시골에 내려가면 마당 한편에서 넉둥베기를 하는 어른들이 있었다. 넉둥베기는 윷놀이를 뜻하는 제주어로, 이때 사용하는 윷짝은 일반적인 윷짝의 모양과 다르다. 손가락 한 마디 정도 길이에 얇은 두께의 작달막한 윷짝. 나무를 깎아 만든 네 개의 윷짝은 대여섯 살 아이가 고사리손으로 쥐어도 무리가 없을 만큼 작고 귀여운 모양이다. 넉둥베기를 할 때는 그 앙증맞은 윷짝을 간장종지 같기도, 술잔 같기도 한 작은 사기그릇에 집어넣고 손바닥으로 그릇을 덮어 쥔 후 흔들어 윷짝만 멍석 위에 내던져 끗수를 읽는다. 이때 사용하는 사기그릇이 종재기고 이런 윷짝을 종지윷이라 부른다.

종지윷은 크기가 작아 제법 멀리 날아갔기 때문에 보통 마당에 멍석을 깔고 놀았다. 윷판 가운데 길게 그은 선을 넘어 상대편 쪽을 향해 던져야 유효한 끗수를 얻을 수 있다. 윷을 던졌을 때 윷이 윷판을 벗어나거나 가운데 그은 선에 닿으면 '낙'으로 간주한다.

명절날 시골에 내려가면 남자 어른들이 윷을 노는 모습을 쉽게 볼 수 있었다. 아버지도 윷판에 슬그머니 합세하곤 했는데, 아이처럼 행복하게 윷을 노는 모습이 신기해서 동생들과 그 옆에 쪼그려 앉아 구경했다. 아버지는 구경꾼인 우리에게 화답하듯 적시 적소에 말을 잘 놔서 승리를 따냈다. 아버지에게 윷을 잘 노는 비결을 물었더니, "종재기에 윷을 잘 놓고 모양을 어떻게 잡느냐에 따라 윷이 잘 붙는다"라고 대답하셨던 기억이 난다.

종재기는 잔칫집에서도 본연의 역할을 톡톡히 해냈다. 제주의 혼례인 '잔치'는 굉장히 중요하고 큰 행사였다. 내가 초등학생이던 때만 해도 제주 전통 방식으로 잔치를 치르는 집이 많았다. 사흘 동안 집에서 잔치를 하는데, 첫째 날은 돼지를 잡고 둘째 날은 손님을 접대하고 마지막 셋째 날 결혼식을 올렸다. 손님을 접대하는 날, 잔칫 상에 빠지지 않는 음식이 돼지고기, 순대, 마른두부였다. 추렴한 돼 지고기를 가마솥에 넣고 푹 삶아 고기도감(혼·상례에서 손님들에게 대 접할 돼지고기 석 점, 순대 한 점, 마른두부 한 점의 고기반을 나누는 사람)이 얄 팍한 나뭇잎 모양으로 고기를 썰어 상에 냈다. 이 고기는 잔칫집에서 만 먹을 수 있는 베지근한 맛이며, 더할 나위 없이 좋은 술안주다. 어 른들은 자리잡기 무섭게 소주병을 따 종재기에 따르고 돼지고기를 안주 삼아 맛있게 술을 마셨다. 종재기가 넘치도록 술을 주거니 받거 니 하며 신랑신부의 새로운 출발을 축하하는 모습은 매우 익숙한 잔 칫집 풍경이다.

종재기는 이름에서 알 수 있듯 간장이나 반찬을 담은 종지로도 사 용한다. 초등학교 겨울방학 때 동생들과 외가에 갔는데 고소한 냄새 가 대문께까지 풍겼다. 후다닥 들어가봤더니, 굴과 부추가 듬뿍 든 부추굴전에서 김이 모락모락 피어오르고 있었다. 배고픈 나머지 나 는 손으로 전을 죽죽 찢어 볼이 미어지게 쑤셔넣으며 엄지를 치켜 들었다. 어른들은 내게 "급히 먹당 체헌다, 천천히 먹어라"라며 웃 으셨다. 제대로 자리를 잡고 먹으려는데 할아버지가 심부름을 시켰 다. "민희야, 앉기 전에 부엌에 강 할머니신디 종재기 줍센 허라." 소 주 한잔 하시려나 보다 하고 할머니에게 가서 소주와 종재기를 받아 왔다. 그런데 내 손에 든 것을 보자마자 할아버지가 웃음을 터뜨리셨 다. "전 찍어 먹을 초간장을 종재기에 담아오라는 걸 민희가 두세 걸음 앞서갔구나. 이것도 좋다." 외할아버지께서 달게 소주를 드시던 표정이 떠오른다.

요즘은 서울에서도 일반 음식점이나 대형마트 등지에서 고향의 소주를 살 수 있어 참 좋다. 고향 음식에 고향 술을 곁들여 먹으면 추억을 함께 먹는 느낌이라 마음이 정겨워진다. 소주병을 따고 설레는 마음으로 종재기에 첫 잔을 따른다. 소주의 쌉쌀한 맛을 꿀꺽 삼킬 때쯤 새콤달콤한 홍해삼이 오도독 따라오면 그 순간만큼은 어느 누구보다 행복하다. 어떤 사람에게는 그와 딱 맞춤한 그만의 옷이 있듯이, 어떤 술에는 그에 꼭 들어맞는 술잔이 있다. 같은 술이라도 잔에 따라 맛이 달라진다. 한라산 소주는 종재기에 부어 마셔야 달다.

육지살이의 나날

제주 크래프트 컬처

–
맥주 생산에 핵심이 되는
좋은 물과 보리가
제주에는 풍부하다.
–

대학생 때 방송사 스포츠 리포터로 일여 년 일했던 적이 있다. 올림픽 축구 국가대표팀, 방한한 타이거 우즈, 탁구계의 거성 유남규·김택수, 천하장사 이봉걸 등 국내외 다양한 스포츠 스타들을 인터뷰했다. 그러다 2005년 영국 프리미어리그에서 활약하는 설기현 선수를 만나기 위해 영국 울버햄프턴에 가게 됐다. 영국도 처음, 세계적인 축구선수들을 대거 만나는 것도 처음, 프리미어리그를 '직관'하는 것도 처음이었기에 나는 흥분으로 가득차 있었다.

가벼운 조깅으로 하루를 여는 선수들과 함께 나도 울버햄프턴의 새벽 공기를 가르며 하루를 시작했다. 연습하는 선수들에게 방해가 되지 않도록 적절한 거리를 두고 촬영하다 쉬는 시간이나 점심시간을 이용해 설기현 선수와 동료들(티에리 앙리도 있었다!), 글렌 호들 감독을 인터뷰했다. MBC 서형욱 해설위원이 인터뷰를 이끌고, 나는 보조하는 리포터 자격이었지만 역할의 무게를 떠나 신나고 값진 경험이었다.

일과가 끝나면 제작진과 숙소 주변 펍에 갔다. 한국에 크고 작은 커피숍들이 동네마다 있는 것처럼 영국에는 곳곳에 펍이 있다. 떠들썩하면서도 왠지 속닥속닥한 분위기의 영국 펍은 묘한 매력을 풍겼다. 영국 맥주에 대해 무지한 나는 바텐더에게 추천을 부탁했다. 바에서 건네받은 맥주의 첫 모금을 입에 머금는 순간, 나의 맥주 인생에 새로운 막이 오르고 있음을 느꼈다. 신선한 홉이 입에 확 번지더니, 입천장을 따라 맥주가 부드럽게 펼쳐졌다. 몇 초 뒤 쌉싸름한 뒷맛은 사라지고 입안이 상쾌해졌다. 소용돌이치듯 입안에서 나타났다 사라지고, 치고 빠지길 반복하는 맛, 인생 최고의 맥주를 울버햄프턴에서 맛본 것이다!

펍의 중앙에는 축구 경기를 중계하는 스크린이 있었다. 대부분은 자리에 앉아서 맥주를 마셨지만, 서서 마시는 사람들도 많았다. 자유롭게 맥주를 마시다가도 경기의 향방에 실시간으로 반응했다. 영국 '아재'들이 저마다 맥주 한 잔을 앞에 두고 유쾌한 시간을 보내는 것 같았다. 영국에서 펍은 단순히 술을 마시는 공간이 아닌, 취미와 여가를 즐기며 스트레스를 날리는 '어른들의 사랑방'처럼 보였다.

울버햄프턴에 머무는 일주일 동안 거의 매일 밤 곳곳의 펍을 돌며 맥주를 마셨다. 신기한 건 펍마다 맥주의 맛이 다르고 아주 작은 펍에도 여러 개의 탭비어가 있다는 점. 탭의 수만큼 맥주의 종류나 맛도 다채로웠다. 영국 펍의 맥주가 다양한 이유는 한국에 돌아와서 알게 되었다. 영국에는 대기업에서 일률적인 레시피로 생산해내는 맥주만이 아닌, 개인이 소규모 양조장 Microbrewery에서 만들어내는 다양한 '크래프트 비어 Craft Beer'가 있다는 사실이었다. 왜 영국 펍마다 맥주 맛이 달랐는지, 그렇게도 신선하고 특색 있었는지 이해가 되는 대목이었다.

———

그로부터 십수 년이 흘렀다. 여전히 나는 맥주를 좋아한다. 영국 수제맥주에 비할 바는 아니지만 요즘은 국내 편의점에도 다채로운 수입맥주가 포진돼 있어 갈증을 달래준다. 그런데 잊고 지내던 '수제맥주'라는 단어를 신기하게도 내 고향 제주에서 만났다.

부모님과 차로 한림읍 금능농공단지를 지나는 길이었다. 조용한 농공단지에 수많은 택시가 왔다갔다하고 여행객으로 보이는 젊은 남녀들이 대거 오가고 있었다.

"여기 뭐 생겼어요? 웬 택시가 이렇게 많아요? 사람도 많고."

"맥주양조장 때문일 게다."

'양조장'이라는 단어에 귀가 솔깃해졌다.

"작년엔가 제주맥주 양조장이 생겼는데 맥주를 직접 양조하면서 마실 수 있게 판매도 하는가 보더라. 잘되는지 가끔 차로 지나칠 때 보면 사람들이 어지간히 많아."

아버지의 말에 얼른 스마트폰으로 검색해봤다.

'브루클린 브루어리의 첫 아시아 파트너사' '크래프트 맥주' '제주 한립읍 맥주양조장'

수제맥주나 에일비어를 좋아하는 맥덕(맥주덕후)들에겐 이미 '핫플'로 유명한 곳인 듯하다. 회사 웹사이트를 보니 참여 가능한 몇 가지 흥미로운 체험 프로그램이 있었다. 그중 테이스팅 클래스를 신청하고, 며칠 후 다시 그곳을 찾았다.

제주맥주 양조장. 깔끔하게 잘 정리된 공간은 양조장이라기보다 제주의 감성을 담은 카페나 대형 펍 같은 인상이었다. 맥주를 만들어내는 양조시설, 갓 만든 신선한 맥주를 마시는 곳, 여러 맥주를 마셔보며 자신의 맥주 취향을 알아보는 곳 등 특색에 맞게 구획돼 있었다.

예약해둔 맥주 테이스팅 클래스에 참가했다. '비어 도슨트'의 안내에 따라 700cc 정도의 맥주를 각기 다른 종류의 잔에 따랐다.

"자 보세요, 같은 맥주, 동일한 양을 따랐는데도 맥주가 달라 보이죠? 맛도 다를 겁니다."

도슨트의 설명처럼 과연 잔에 따라 맥주의 모양새나 색이 달라 보

육지살이의 나날

였다. 맥주 마시기 7단계에 따라 천천히 음미하는데 맛과 향, 목 넘김이 각기 다르게 느껴졌다. 평소 술과 술잔의 조합에 관심이 많은 나는 이 체험을 통해 음식이든 술이든 담는 '용기'가 중요하다는 사실을 다시금 실감했다. 그렇게 갓 만든 맥주를 골라 먹는 충만한 기쁨과 소중한 기억, 기분 좋은 취기를 느끼며 즐거운 한때를 보낼 수 있었다.

뉴욕을 대표하는 브루클린 브루어리가 아시아에서는 처음으로 문을 연 제주맥주를 비롯해 캐나다인과 미국인이 개성 강하고 깔끔한 맥주를 만들어내는 맥파이Macpie, 제주 삼다수와 제주 백호보리로 만드는 제스피Jespi 브루어리가 수제맥주의 흐름을 주도하고 있다. 이곳에서 생산한 크래프트 비어를 판매하는 제주 도내 펍도 늘고 있고, 전국 각지의 마트에서도 이들 수제맥주를 만나볼 수 있다. 제주가 수제맥주의 메카로 부상하고 있는 것이다.

요즘 마트나 편의점 맥주코너를 보면 '맥주 춘추전국시대'가 따로 없을 정도로 맥주 라인업이 다양하다. 국내 중소 크래프트 맥주업체들의 약진도 돋보인다. 내가 접한 국내 크래프트 비어만 해도 강남페일에일, 서빙고맥주, 해운대맥주, 전라맥주, 달서오렌지에일, 강서마일드에일, 제주위트에일, 대동강페일에일 등 전부 다 열거하지 못할 정도로 많다. 지역명이 들어간 맥주는 독창성에 일단 눈길이 가지만, 내용을 자세히 들여다보면 살짝 궁금증이 일기도 한다. 해당 맥주의 정체성과 이 지역간 어떤 관계가 있는가 하는 의문. 생산지는 캐나다인데 국내 지역의 이름이 붙었다든지, 충북에서 생산됐는데 이름은 경상도 도시명이 붙어 있어 고개가 갸웃거려진다.

　제주맥주에서 생산한 '제주위트에일'은 생산지가 '제주한림양조장'으로 정확히 명시되어 있다. 제주맥주는 한림읍에 국내 최대 규모의 양조장을 갖추고 있어 다른 브랜드와 확실히 차별된다. 그리고 그 양조장이 단순히 맥주를 생산하는 공장으로서의 기능뿐 아니라 제주 특유의 감성을 담아낸 문화공간으로 자리매김하고 있다는 게 큰 경쟁력이다. 게다가 맥주 생산에 핵심이 되는 좋은 물과 보리가 제주에 풍부하게 갖춰져 있다는 점은 이 브랜드만의 특장점이라고 할 만하다.

　수십 년 전, 미국에서 브루클린이라는 도시는 '없는 도시'나 마찬가지였다. 스포트라이트는 맨해튼에 집중돼 있었고, 브루클린은 마약과 범죄가 끊이지 않는 무법지대라는 이미지가 강했다. 그런데 1988년 브루클린 브루어리가 브루클린에 자리잡고 수제맥주를 만들기 시작하면서 대전환을 맞게 된다. 버드와이저만 마시던 미국인들에게 좀더 진한 라거를 소개하고, 홍보하면서 술을 좋아하는 예술가들이 브루클린에 모여들게 된 것. 브루클린이 '예술가의 도시'라는 이름표로 자리매김하게 된 데는 '브루클린 브루어리'의 혁혁한 공이 있었던 것이다.

　영국이나 미국이나 크래프트 비어는 단순한 맥주가 아닌 '문화 culture'다. 크래프트 컬처를 통해 지역공동체가 모이고 현지 기업들

육지살이의 나날

이 같이 일하면서 도시 전체가 활기를 띠게 된다. 특색 있는 수제맥주를 마시기 위해 국내외 관광객이 몰려들면서 제주 관광산업도 새로운 전환을 맞을 수 있다. 스물세 살의 내가 영국에서 맛본 크래프트 비어를 계기로 영국이라는 나라에 호감을 갖게 된 것처럼, 누군가에게도 제주의 수제맥주가 그런 계기가 될 수 있다. 제주 곳곳에 마이크로 브루어리와 개성 넘치는 펍들이 더 많이 생겨 제주만의 '크래프트 컬처'가 형성되길 꿈꿔본다.

떡볶이
대화합

구제주떡볶이 vs 신제주떡볶이

–
떡볶이 6인분,
김밥 세 줄,
튀김 두 접시요.
–

제주시 관덕로에 위치한 동문시장은 제주에서 가장 오래된 재래시
장이다. 오래된 역사만큼 규모도 엄청나다. 수산물, 청과, 채소, 의류,
신발, 토산품 등 없는 게 없는 '제주의 만물상' 같은 그곳을 어렸을
적 엄마 손을 잡고 뻔질나게 드나들었다. 일곱 살 때 신제주로 이사
오며 시장과 멀어지게 됐지만 그래도 동문시장은 늘 내 생활과 밀접
했다. 장바구니를 들고 동문시장 초입의 현대약국 앞 리어카에서 엄
마와 나란히 먹던 달콤한 붕어빵의 기억이 아직도 생생하다.

육지살이의 나날

동문시장은 학창시절의 맛있는 기억이 가득한 곳이기도 하다. H.O.T. 팬과 젝스키스 팬이 팽팽히 맞서던 시절, 떡볶이도 두 개의 파로 나뉘었다. '사랑파'와 '도꼭지'파. 떡볶이 골목에 나란히 있는 사랑분식과 도꼭지분식은 앞서거니 뒤서거니 하는 팽팽한 라이벌이었다. 어떤 애들은 김밥을 넣어먹는 사랑식이 최고라 했고, 또다른 애들은 도꼭지의 양념이 감칠맛이 풍부해 떡볶이의 최강자라고 했다. 나는 줏대 없이 '다좋아파'였다. 사랑파와 가게 되면 사랑으로, 도꼭지파와 가게 되면 도꼭지로 군말 없이 따라갔다.

중간고사나 기말고사가 끝나면 떡볶이를 먹으러 동문시장에 곧잘 갔다. 큼지막한 국수 그릇에 긴 가래떡이 언뜻언뜻 보이고, 아빠 손가락 두께만한 어묵이 대여섯 개, 튀김과 김밥도 들어가 있는 사랑분식의 떡볶이. 주인 아주머니는 상에 오르기 무섭게 허겁지겁 떡볶이를 입에 쓸어담는 우리에게 "국물도 마셔가멍 천천히 먹으라"며 어묵 국물을 떠다주시곤 했다.

이미 빨갛게 코팅된 떡을 떡볶이 국물에 다시 한번 푹 담갔다가 한 입 베어 물면 정말 맛있었다. 시험 때문에 내내 긴장했던 터라 배가 고팠던 데다 결과야 어찌됐든 끝났다는 후련함도 더해져서 그야말로 잊지 못할 맛이었다.

"역시 떡볶이는 여기가 최고라니까."

"이거야 이거, 최고의 떡볶이!"

"김밥 더 무쳐 먹을 사람? 한 줄 따로 시킬까?"

모양이나 맛은 소박해도 양은 늘 푸짐하고 추억이 가득한, 그런 '마음의 떡볶이'가 분명 누구에게나 있다.

장장 5일간의 기말고사가 끝난 그날도 친구들과 동문시장으로 향했다. 맛있게 떡볶이를 먹고 나와 후식으로 아이스크림이나 먹을까 하며 탑동 쪽으로 다 같이 걸어가는 길이었다.

"담에 떡볶이 먹으러 신제주로 와볼래?"

떡볶이에 대해 별다른 의견이 없던 내가 떡볶이 원정을 제안하니 친구들은 놀란 눈치였다.

"우와, 신제주에 맛있는 떡볶이가 있어?"

"어딘데? 얼마나 맛있는데?"

"어떤 떡볶인데? 말해봐 말해봐."

너나 할 거 없이 질문이 쏟아졌다. 짐짓 태연한 표정으로 답했다.

"초등학교 때부터 다녔던 곳인데 그럭저럭 먹을 만해."

"언제 갈까? 다음주 토요일?"

"토요일 좋네. 학교 끝나고 바로 가자!"

당시 제주시 인문계고등학교는 연합고사를 쳐서 들어갔다. 서울로 대학을 가면 각 지역에서 올라온 학생들이 섞여 있듯, 제주시 인문계고에도 도내의 아이들이 뒤섞여 있었다. 우리 반에도 한림, 세화, 성산, 남원 등 곳곳에서 올라온 친구들이 많았는데, 이 친구들은 대개 학교 인근에서 자취를 했다.

나는 이도2동에 위치한 고등학교에 다녔다. 내가 살던 신제주에서

육지살이의 나날

버스로 편도 30분 정도 걸리니 제법 거리가 있는 편이었다. 학교가 파하면 주로 가까운 제주시청 인근이나 버스로 좀더 내려가 칠성로나 탑동에서 놀았다. 신제주는 딱히 친구들과 함께 가볼 만한 공통분모가 없는 곳이었으니 신제주로의 떡볶이 초대가 애들은 퍽 신기했을 것이다.

———

그 떡볶이집은 초등학교 3학년 때 반 친구를 통해 알게 되었다. 같은 반 남자아이가 준 생일 초대장에는 또박또박 쓴 분식집 이름이 적혀 있었다. 집에서 엄마가 차려주는 생일상으로 친구들과 어울리던 시절이었다. 물론 엄마가 차려주는 생일상에도 홈메이드 떡볶이가 등장하긴 했지만 이렇게 본격적으로 분식집에서 생일파티를 하는 경우는 처음이었다. 나의 마음을 읽은 건지 그 아이는 "우리 집은 가게를 해서 집에서 생일을 못해. 근데 이 집 떡볶이 정말 맛있으니까 내일 같이 가자"고 말했다.

다음날 우리는 의기양양하게 분식집이 위치한 제원아파트 사거리로 향했다. 친구에게 줄 핑크빛 포장지에 싼 동아연필 한 다스가 내 손에 들려 있었다. 큰길을 지나 모퉁이를 도는 순간, 굳이 그 분식집이라고 말하지 않아도 한눈에 알 수 있었다. 과일가게, 선술집, 란제리가게 등이 두서없이 늘어선 상점가에 사람들로 북적이는 분식집이 보였다.

자그마한 가게 안에는 교복을 입은 언니, 오빠 무리가, 장바구니를 낀 아주머니, 배 나온 중년 아저씨까지 다양한 연령의 손님들이 어우러져 행복한 표정으로 떡볶이를 먹고 있었다. 여섯 명이 한꺼번에 앉을 자리는 쉽게 나오지 않았다. 배고픔이 극에 달한 순간 드디어 우리가 앉을 자리가 생겼다.

"떡볶이 육인분, 김밥 세 줄, 튀김 두 접시요."

자리에 앉기 무섭게 거침없이 주문하는 친구의 모습이 왠지 든든했다.

"엄마가 너네랑 배불리 먹으라고 돈 많이 주셨어. 이거 먹고 러브리에 밀크셰이크도 먹으러 가자."

떡볶이가 나왔다. 스테인리스 국사발에 담긴 떡볶이는 떡볶이라기보다 떡볶이국에 가까웠다. 떡을 삶은 국물이 살짝 섞인 듯한 다홍색의 걸쭉한 국물 안에 가래떡과 납작 어묵, 삶은 달걀이 들어 있었다. 숟가락으로 국물부터 한입 먹어보았다.

'아뿔싸!'

급습당한 느낌이었다. 마늘 맛이 진하게 섞인 국물은 정말 제대로였고, 떡은 부드러워 입에 착착 감기는 게 놀라울 정도였다. 그 국물에 말랑한 떡과 어묵을 찍어서 먹고 있는데 친구가 말했다.

"계란 노른자를 으깨서 국물이랑 같이 먹어봐."

친구가 지시한 대로 떡볶이를 '조제'한 후 먹어봤다. 와우, 열 살 인생에서 맛본 최고의 떡볶이였다.

육지살이의 나날

그날 집에 도착하자마자 남동생을 불러 세웠다.

"나 오늘 제원아파트에서 진짜 맛있는 떡볶이를 먹었는데 말야."

"제원분식 간?"

맥 빠지게 동생이 먼저 답을 말했다.

"알고 있었어?"

"당연하지, 거기 진짜 맛있지 않아?"

"응, 맛있더라. 다음에 같이 가자."

이후 남동생과도 두어 번 같이 갔던 기억이 어렴풋이 난다.

초등학교 졸업 이후 중학교와 고등학교를 구제주로 다니게 되면서 제원아파트 사거리는 생활반경에서 멀어졌다. 그러다 몇 년 만에 고등학교 친구들을 이끌고 제원분식에 가게된 것이다. "제법 맛있어"라고 으스대긴 했는데 이 깐깐한 떡볶이 전문가들이 어떤 반응을 보일지 가슴이 두근댔다.

같은 공간, 변함없는 시스템. 오랜만인데도 어제 왔던 것처럼 익숙했다. 손님은 여전히 많았고 떡볶이 냄새도 몇 년 전과 같았다. 감색 교복의 여고생 네 명이 재잘대며 자리에 앉았다. 곧 떡볶이가 나왔고, 다 같이 맛을 보기 시작했다.

"우와, 김민희 한 건 했네! 맛있어!"

"사랑이랑 도꼭지랑은 느낌이 완전히 달라. 근데 맛있다아~"

"국물이 제대론데 여기?"

사랑파와 도꼭지파의 화합이 신제주 제원분식에서 마침내 이루어졌다!

에헴 하며 초등학교 시절 친구가 내게 건넸던 대사를 천연덕스럽게 읊었다.

"노른자를 으깨서 국물이랑 같이 떠서 먹어봐."

서울로 대학 와 떡볶이를 먹으러 가게 되면 친구들은 자신만의 떡볶이 맛집에 대해 열변을 토했다. 반포 애플하우스, 아차산 신토불이, 서문여고 미소의 집, 대학로 나누미…… 그때마다 '제주도 떡볶이에 대해서라면 나도 할 말이 많은데' 하고 속으로 웃곤 했다.

예나 지금이나 주재료는 고추장과 고춧가루, 설탕, 간장, 떡, 어묵. 재료는 비슷한데 희한하게 가게마다 맛에 미묘한 차이가 있다. 반드시 맛있는 집이 있고, 이상하리 만큼 맛없는 집이 있다. 그렇기에 지금까지도 곳곳에서 떡볶이에 대한 설왕설래가 이어지는 거겠지. '나 때는 말이야'의 그 '라떼'의 제주 떡볶이들이 지금도 건재한지 안부가 궁금해진다.

육지살이의 나날

로컬 디저트의
역주행

–
수수하고
은은한
제주 로컬 푸드의 맛!
–

어느 때부턴가 나는 트렌디한 거의 모든 정보를 SNS에서 얻고 있다. 특히 인스타그램은 이미지 위주로 글이 짧고 즉각적이어서 다양한 정보를 빠르게 살펴보기 좋다. 주말에 아이들을 데리고 갈 만한 곳이나 맛집, 인테리어, 패션, 각종 신상 등의 정보가 집게손가락을 슥슥 올리기만 하면 주르륵 따라온다. 인스타에는 단연 먹을 것에 대한 정보가 넘쳐나는데 언제부턴가 제주 관련 여행 정보와 함께 전통 디저트들이 SNS 게시글에 자주 노출되고 있다.

얼마 전 유명 인플루언서가 자신의 SNS에 별다른 설명 없이 과자 사진을 올려놨는데 내가 잘 아는 과자였다. 사람들이 이게 무슨 과자냐고 댓글로 문의했지만 정작 이 인플루언서는 반응이 없고, 다른 사람들이 대신 답을 알려주었다. "이거 제주의 과즐 아닌가요? 정말 맛있는데……." 추억의 과즐을 SNS에서 만난 것도 놀라운데, 무엇보다 과즐을 잘 아는 사람들이 많다는 사실도 신기했다.

과즐은 제주 전통한과이다. 밀가루 반죽을 얇게 밀어 기름에 튀긴 후, 그 위에 조청이나 꿀을 발라 쌀튀밥을 가득 붙여 만든다. 다 아는 재료로 만들어 맛이 친숙한 데다 자극적이지 않아 한번 먹기 시작하면 좀처럼 멈추기 힘든 묘한 중독성이 있다.

과거에는 명절 같은 특별한 날에나 귀하게 먹던 것이 과즐이었다. 어릴 적 어렴풋한 기억에는 명절날 겹겹이 쌓아올린 기름떡 옆에 이에 질세라 길게 늘어선 과즐이었다. 전량 수제로 만드는 터라 손이 많이 가고 밀가루든 쌀이든 워낙 귀했기에 가정에서는 감히 만들 엄두를 내지 못했다. 시대가 변하면서 어렴풋이 사라졌던 과즐은 어느 틈엔가 다시 세상에 보이기 시작했다. 요즘은 제주에 여행 가면 반드시 사야 할 기념품 중 하나로 손꼽히고, 늘어나는 수요에 맞춰 택배 판매도 활발한 듯하다.

———

나도 최근 삼십여 년 만에 제주에서 과즐을 먹게 되었다. 올케 어머

육지살이의 나날

님께서 친정으로 보내주신 꾸러미 안에는 추억이 가득한 '과즐'이 가득 들어 있었다. 오래전 친구를 다시 만난 것처럼 몹시 반가웠다.

선물로 받은 직사각형의 넓적하고 얄팍한 밀가루 과자 위에 쌀튀밥이 촘촘하게 붙어 있는 과즐을 와그작와그작 소리를 내며 맛있게 먹고 있었다. 잠시 후 방에서 소꿉놀이에 열중하던 쌍둥이가 서둘러 주방으로 건너왔다. 엄마, 나, 쌍둥이 이렇게 삼대가 소리 내며 과즐을 먹는데 정겹기도 하고 애틋한 감정마저 일었다. 엄마는 옛날 과즐보다 한결 맛이 훌륭해진 것 같다고 했다.

"과즐이 이렇게 나오네? 우리 어렸을 땐 정말 먹기 어려웠던 건데…… 그땐 이 안의 과자가 조금 딱딱했어. 이건 보드랍고 맛 좋다!"

"요즘 젊은 친구들도 과즐을 좋아하는 거 같더라고. 택배로도 많이 시켜 먹는 거 같고……."

"기? 요즘 사람들 대단하네. 우리도 잊고 있던 맛을 이렇게 다시 내놓다니. 하기야 요즘은 보리개역도 그렇게 인기가 좋댄 하더라."

보리개역은 보리를 고소하게 볶아 곱게 빻아 만든 보리미숫가루이다. 이 보리개역을 물에 타 만든 음료는 제주의 남녀노소가 좋아하는 여름철 별미였다. 보리 수확이 끝난 초여름이면 제주의 집집마다 보리 볶는 냄새로 가득했다. 농번기에 바빴던 제주 어머니들은 비가 와서 밭에 일하러 가지 못하는 날 집에서 보리를 볶았다. 아궁이에 장작불을 활활 지펴 솥뚜껑을 뒤집어 걸고는 그 위에 도정하지 않은 보리를 올려 나무주걱을 열심히 저어가며 볶았다.

개구진 아이들도 그날만은 보리 볶는 어머니의 시중을 살뜰하게 들었다. 보리를 잘 볶아 갈아와야 맛있는 보리개역을 먹을 수 있었기 때문이다. 어머니가 정성으로 볶아낸 보리는 곧 방앗간으로 보내졌다. 이 시기 제주 곳곳의 방앗간들은 보리를 빻으려는 사람들로 엄청나게 붐볐다. 방앗간 주인은 목에 힘을 잔뜩 준 채 "거기 두고 갑서"라고 하면 어머니들이 "언제까지 될 건고예~ 재기(빨리) 좀 부탁드리쿠다"하며 고개를 꾸벅거리곤 했다. 방앗간 주인이 자신의 친척이나 친구의 것을 먼저 해주다보면 순번이 밀려서 약속된 시간에 찾으러 가도 갈아놓지 않아 옥신각신 언쟁이 오가기도 했다.

마침내 완성된 보리개역은 남녀노소에게 큰 사랑을 받았다. 여름철 최고의 별미였기 때문에 보리개역을 만들면 우선 집안의 시어른들께 가져다드리는 풍습이 있었다. 만약 이를 지키지 않으면 '개역 한 줌도 안 주는 며느리'라고 동네에 소문이 자자하게 날 정도였다고 하니, 제주 사람들의 보리개역 사랑을 알 만하다.

구수한 보리개역은 물에 타 먹기도 했지만 밥에 비벼 먹기도 했다. 먹을 게 귀하던 시절이었기에 개역에 물만 탔을 뿐인데도 맛있었고, 밥에 한 숟가락 뿌려 비벼 먹으면 밥맛이 색다르고 특별해졌다. 특히나 보리개역에 설탕을 타고 얼음이라도 두어 개 띄우면 임금님 간식 못지않은 시원하고 맛있는 디저트가 완성되었다.

새롭고 다양한 먹을거리가 대거 등장하면서 추억 속으로 사라졌던 제주의 전통 디저트들이 다시금 조명 받고 있다. 과즐은 귤과즐, 한라

육지살이의 나날

봉과즐, 금귤과즐 등 다양한 과일 향을 첨가해 전국 각지로 팔려나가고 있다. 심지어 보리개역은 제주 현지뿐 아니라 육지의 카페에서도 이색 음료로 팔린다. 서울 연희동의 한 유명 카페의 시그니처 메뉴는 다름 아닌 '제주개역'이다. 보리미숫가루에 우유를 타서 만든 음료와 함께 곁들임으로 씨앗을 내주는데, 음료를 한 모금 마실 때마다 이 씨앗을 같이 씹어먹으면 고소하고 식감이 톡톡 튀어 그렇게 이색적이라 한다.

보리개역의 인기에 대한 엄마의 또다른 증언이 더해진다. 하루는 엄마가 참기름을 뽑으러 방앗간에 갔는데 사장님이 엄청난 양의 보리를 볶고 계셨단다.

"무슨 보리를 경도 많이 볶암수과?"

"말 맙서. 이 보리 볶앙 간 가루를 전국각지 카페로 택배 보냄수게."

"아~ 우리 어릴 적 먹던 보리개역을 육지 카페에서도 만들엉 파는 모양이우다예?"

"예, 맞수다. 그 보리개역이 경 인기가 많앙 우리 방앗간만 해도 일 년이면 스무 포대를 갈암수다."

육지와 떨어진 자그마한 섬, 벼농사도 힘든 척박한 땅에서 먹을 것이 부족하던 시절에 먹던 간식들이 오늘날 사람들의 마음을 끌어당긴다. 자극적이고 즉각적인 문화에 피로를 느낀 사람들이 천혜의 자연을 간직한 제주의 수수하고 은은한 맛에 매료된 것이다. 덕분에 역사의 뒤안길로 물러나 있던 제주 전통 디저트들도 '역주행'을 시작한다. 사라져가는 제주 음식 문화를 보존하려는 제주 사람들의 끊임없는 도전과 공동체 간의 유대는 오늘도 제주 특유의 '로컬 문화'를 단단하게 만들고 있다.

육지살이의 나날

처음 생각한
꿈이 아니어도 괜찮아

신혼 때 자리잡아 이 집에 산 지도 벌써 8년. 그동안 사랑스러운 두 아이도 생겼고, 새로운 직업도 얻게 되었다. 친구들은 물론이고 가족들조차 "네가 요리 선생을?"이라며 의아해한 직업. 그럴 수밖에······ 내 인생의 항로에 결코 없던 선택지였으니까.

초등학교 때부터 내 꿈은 줄곧 기자였다. 본격적으로는 대학 졸업 후 첫 직장을 관두고 기자가 되기 위해 뭔가를 했던 것 같다. 예나 지금이나 나는 목표를 정하면 사뭇 비장해진다. 살던 집을 정리하고 신림동 고시촌에 들어갔다. 낮에는 대학도서관에서 신문과 잡지를 열람하고, 밤에는 고시생들이 다니는 독서실에서 논술과 작문을 연습했다. 공부를 시작하고 반년 정도 지났을 때, 제주에서 방송사 공채가 떴다. 실력을 점검해볼 겸 기자직에 응시했는데 덜컥 붙어버렸다. 본래 꿈은 중앙언론사 기자였기에 고민이 됐다. 그런데 부모님도 내

려오길 원하고, 선배들도 일이 적성에 맞는지 경험해보는 것도 좋다
며 응원해주었다. '내려가 일하면서 다시 중앙언론사를 준비해보자'
고 결론지었다.

다행히 기자는 맞춤옷처럼 적성에 딱 맞았다. 하지만 제주에서 일
하며 서울에 올라가 시험을 치는 것은 쉬운 일이 아니었다. 주말에
서울에서 필기시험을 쳐 통과해도 평일에 진행되는 면접을 보러 가
기 어려웠다. 고민이 시작되었다. 여기에 머무를 것인가, 꿈을 향해
도전할 것인가?

> *28세 무직. 중앙언론사 입사 희망자.*
> *다시 시작이었다.*

소위 언론고시라는 공부를 다시 한 지 일 년이 넘었을 때였다. 같이
스터디를 하던 후배가 SBS에 합격했다. 겉으로는 축하 메시지를 보
냈지만 내심 피가 바짝바짝 말랐다.

> *29세 무직. 중앙언론사 입사 희망자.*
> *한 해가 또 속절없이 지나갔다.*

그러고도 참 오랫동안 시험 운이 없었다. 쉽게 무언가를 이룰 수 있
는 사람이라고 자만했던 것 같다. 결국 시험 준비하고 2년째 되던 때

마치며

내 꿈이 닿을 수 없는 벽이 눈앞에 있음을 받아들였다. 꿈을 포기하자마자 동고동락하던 책들을 모두 던져버렸다. 글쓰기 책, 각종 사설과 신문기사 스크랩북, 상식책, 칼럼 모음집. 버리고 판 책들이 줄잡아 60권, 폐지로 버린 프린트물 높이가 1미터에 육박했다. 실패의 흔적을 지워버리기라도 하듯 모조리 내다 버렸다. 그래도 끝내 버리지 못한 것이 있다. 신혼집까지 나를 따라온, 내가 썼던 글들. 2009년 다시 서울에 올라와 2년 가까이 양천도서관 성인열람실 80번대에 자리잡고 앉아 신문을 읽고, 글을 쓰며 보냈던 시간들.

———

헛되이 세월을 보냈다고 생각할 때도 있었다. 슬프고 괴롭고 스스로 한심하다고 자책할 때도 숱했다. 그때마다 날 위로해준 건 선배들의 격려도, 멋들어진 글귀도 아니었다. 내 손으로 꾹꾹 눌러쓴 땀의 흔적, 논술 연습장과 작문 노트. 땀과 노력이 깃든 그것들을 보면서 이 노력이 헛되지 않으리라 믿었다. 지금 당장은 실패한 인생처럼 보일지라도 노력의 결과는 5년 후, 10년 후 어떤 식으로든 나타날 거라 믿었다. 그런 생각만이 나를 버티게 한 유일한 힘이었다.

결혼하면서 '사회인으로서의 내 삶은 이로써 끝났구나' 생각했다. 그러다 목표도 목적도 없이 잡히는 대로 책을 읽었다. 읽다가 재미없으면 덮고 새 책을 찾았다. 굳이 인내심을 갖고 읽을 필요도 없었다. 마음 가는 대로 읽고 감상을 정리해 블로그에 조금씩 기록했다. 독서

감상을 정리하며 홈메이드 음식 이야기도 같이 기록하기 시작했다.

사실 나는 주변인들이 알아주는 '먹보'였다. 결혼하고 나만의 주방과 살림살이를 갖게 되고, 먹어줄 동거인이 생기니 더 열심히 요리하게 되었다. 오랜 자취 생활로 이미 요리에는 일가견이 있었고 신혼이었던 만큼 의욕도 넘쳐났다. 의욕의 결과물들을 간단한 설명과 함께 '식사일기'라는 제목으로 인터넷에 공유했다. 일기장 같은 블로그였는데 차츰 방문자와 이웃이 늘어갔다. 사람들은 특히 내 요리에 관심이 많은 듯했다. 레시피를 궁금해하는 사람들이 많아서 댓글로 설명하다가 아예 본문에 꼼꼼하게 기재했다. 집밥이라는 단어가 매스컴에서 자주 언급되고, 먹는 방송이 프라임 시간대를 주름잡던 시기였다. 쿠킹클래스도 유행이라 블로그로 알게 된 요리 수업을 신청해 가보았다.

오피스텔 한 쪽을 조리 가능한 공간으로 꾸며놓은 쿠킹클래스였다. 올리브오일 버섯파스타와 시트러스를 이용한 디저트를 배웠는데 맛도 좋고 분위기도 훈훈했다. 집으로 돌아오면서 '이런 자그마한 요리교실을 운영하면 어떨까?'라는 생각을 난생처음 하게 되었다. 관심이 그쪽에 이르자 어떻게 물꼬를 틀 것인가에 골몰했다. 당시 우리 아파트단지 내 인터넷 커뮤니티가 활발하게 운영되고 있었는데, 젊은 층이 다수인 대단지 커뮤니티에는 재주를 뽐내는 주부들의 글이 자주 올라왔다. 나도 요리 사진과 레시피를 종종 공유했다. 입주자들 사이에서 반응이 조금씩 생겨났고, 급기야 쿠킹클래스 오픈 문의가

잇따랐다.

2013년 12월, 성탄을 일주일 앞두고 '크리스마스 오픈 원데이 클래스'라는 제목으로 수강생 모집 공고를 냈다. 메뉴는 알리오올리오, 갈릭닭다리구이, 고르곤졸라 토르티야 피자, 뱅쇼. 한 반만 모집할 요량이었는데 요청이 쇄도해 3개 반을 추가로 개설했다. 첫날은 수업이 어떻게 진행됐는지도 모를 정도로 바삐 흘러갔다. 아일랜드 식탁에 휴대용 가스레인지와 도마 하나 올리고 시작한 수업. 빙 둘러앉은 네 명의 시선이 눈앞에서 내리꽂히던, 지금 생각해도 참으로 다리가 후들거리는 광경이었다. 시연 수업에 시식까지 마치니 세 시간이 훌쩍 지났지만 힘들다는 생각은 전혀 들지 않았다. 새로운 세계에 막 발을 디딘 흥분이 몸 전체를 감싸고 있었다.

원데이 클래스로 시작한 나의 첫 강의는 예상외로 반응이 좋았다. 수업을 듣고 간 주부들이 아파트 커뮤니티에 호평 일색의 후기를 올렸고, 정규반을 열어달라는 청이 이어졌다. 그렇게 예정된 순서처럼 그곳에 발을 담그며 매월 40여 명의 수강생과 함께 9년째 요리 수업을 하고 있다.

———

나는 줄곧 기자로서 이 세상에 빛을 밝히는 존재가 되길 바라왔다. 그런데 기자가 아닌 요리 선생으로서 그 꿈을 실현하고 있다. 마음을 담아 요리를 가르치며 수강생들이 행복한 식탁을 꾸리도록 독려한다. 매달 한 권의 책을 정해 함께 읽고 이야기를 나누는 시간을 갖기도 한다. 동시대를 살아가는 여성으로서 함께 삶을 이야기하고, 우리의 삶을 이롭게 하는 것들을 공유한다.

비전공자에 요리와는 무관한 경력을 가진 내가 어떻게 이 세계로 들어오게 되었는지는 여전히 의문이다. 기존의 창으로 세상을 보았을 때 처음의 꿈만이 인생의 전부라고 생각했다. 그러나 다른 창으로 바라본 세상에서 나는 뜻밖의 세계에 눈뜨게 되었고, 그 안에서 새로운 삶을 찾게 되었다. '꼭 처음 생각한 꿈이 아니어도 괜찮아', 이 생각을 삶으로 웅변하게 되었다.

"나는 요리를 가르치지만, 요리만이 아닌 인생을 나누는 선생이 되고 싶어요. 내 반경에 들어온 우리 친구들에게 좋은 영향을 끼치는 사람으로 늘 정성을 다해 삶을 살아갈 거예요."

수강생들에게 늘 하는 이야기다. 수업을 시작한 이후 성서처럼 간직해온 나의 신념이 담긴 말들. 요리 선생을 하는 한 그 마음만은 앞으로도 변함없을 것이다.

마치며

"마음이 허기질 때면
누구나 가장
따뜻했던 시절의 맛을
떠올린다."

푸른 바당과 초록의 우영팟

-육지 사람들은 모르는 제주의 맛

© 김민희, 2021

초판 인쇄	2021년 7월 19일
초판 발행	2021년 7월 26일

글·그림	김민희
펴낸이	정민영
책임편집	김소영
편집	임윤정
디자인	나영선 신선아
마케팅	정민호 김도윤
제작처	영신사

펴낸곳	(주)아트북스
브랜드	앨리스
출판등록	2001년 5월 18일 제406-2003-057호
주소	10881 경기도 파주시 회동길 210
대표전화	031-955-8888
전화번호	031-955-7977(편집부)	031-955-2696(마케팅)
팩스	031-955-8855
전자우편	artbooks21@naver.com
트위터	@artbooks21
인스타그램	@artbooks.pub

ISBN	978-89-6196-393-0 03810